当历史

QUAND L'HISTOIRE NOUS

被情感

PREND PAR LES SENTIMENTS

裹挟

Anthony Rowley
Fabrice d'Almeida

[法] 安托尼·罗利　　　　著
[法] 法布里斯·达尔梅达

朱江月　　　　译

上海文化出版社

图书在版编目（CIP）数据

当历史被情感裹挟/（法）安托尼·罗利，（法）法布里斯·达尔梅达著；朱江月译. —上海：上海文化出版社，2021.1

ISBN 978 - 7 - 5535 - 2052 - 0

Ⅰ. ①当… Ⅱ. ①安…②法…③朱… Ⅲ. ①散文集—法国—现代 Ⅳ. ①I565.65

中国版本图书馆 CIP 数据核字（2020）第 127352 号

«Quand l'histoire nous prend par les sentiments» by Anthony Rowley and Fabrice d'Almeida
© ODILE JACOB, 2013
This simplified Chinese edition is published by arrangement with Editions Odile Jacob, Paris, France, through DAKAI-L'AGENCE
Simplified Chinese edition copyright © Shanghai Culture Publishing House, 2021
All rights reserved

图字：09 - 2020 - 574 号

出 版 人　姜逸青
策　　划　小猫启蒙
责 任 编 辑　赵　静　任　战
封 面 设 计　DarkSlayer

书　　名　当历史被情感裹挟
作　　者　［法］安托尼·罗利　［法］法布里斯·达尔梅达
译　　者　朱江月
出　　版　上海世纪出版集团　上海文化出版社
地　　址　上海市绍兴路 7 号　200020
发　　行　上海文艺出版社发行中心
　　　　　上海市绍兴路 50 号　200020　www.ewen.co
印　　刷　上海颛辉印刷厂有限公司
开　　本　889×1194　1/32
印　　张　8
印　　次　2021 年 1 月第一版　2021 年 1 月第一次印刷
书　　号　ISBN 978 - 7 - 5535 - 2052 - 0/I.807
定　　价　49.00 元
敬告读者　如发现本书有质量问题请与印刷厂质量科联系 021 - 56152633

致读者

2009年夏，我和安托尼·罗利提出撰写一系列短篇文章的想法：从集体情感的角度出发，联结一些人类历史上的重大事件。最初的尝试激发了我们的好奇心，让我们渴望进行更深入的思考。于是，写作此书的计划便诞生了。我们定于2011年12月上交书稿。

2011年10月的一个早晨，当安托尼刚刚完成了描绘教皇利奥十世治下盛宴的章节之际，一场心脏病的发作夺去了他的生命。这对他的伴侣、他的家人和他的朋友而言，都是一个巨大的损失。他的离去让我仿若变成了一个孤儿，而当时的我正期待着与这位同伴愈发密切地分享智慧的冒险和无比快乐的时光。我相信，我哀悼的最好方式就是完成这部已经开始书写的作品。

重读安托尼的文章让我的内心不能平静。我们虽然讨论过文章的内容，但是他的写作方式那样独特，常常出现我意想不到的用词和比喻。于是，我收集了他已经完成的章节，撰写了分配给我的章节，又尝试写作了其中一个他没有时间付诸笔墨、但是我觉得他希望看到成稿的主题：《艾那尼》之战以及它掀起的阵阵激情。最终，书稿完成了，看到这本记录着安托尼·罗利独创思想的作品问世与出版，我满怀欣喜。当我看到封面上他与我的名字并排而列，我深深地感到我们的友谊在我们对书籍共同的敬仰中持续地散发着它的活力。

安托尼曾构想的一些章节没能成稿，或许这本书会因此而留下些许遗憾。即便如此，我仍然觉得有必要出版它，用以表达我对这位合作者以及编者的拳拳之心。喜爱并仰慕安托尼的读者可以轻松地从本书第四、五、六、十、十三、十四、十八和十九章中辨认出他的文风，亦可以在第一、二、三、七、八、九、十一、十二、十五、十六、十七和二十章中对我的行文予以批评和指正。我相信，安托尼和我会一如既往地准备好接受彼此的弱点，一如真正的朋友之间应该做的那样。

谨以此书献给热爱历史和美食的朋友，他们将延续安托尼·罗利——这位杰出的知识分子——的记忆。

献给安托尼的孙女阿泰纳伊斯。

法布里斯·达尔梅达

目　录

引　言

1640 年 3 月 4 日，临近正午，首席大法官塞吉埃[①]，这位位列国王路易十三和红衣主教黎塞留之后的第三政要，正在靠近诺曼底地区的库唐斯市（Coutances）。他的护卫队由一支庞大的部队组成，这支部队刚刚夺取了巴约（Bayeux）和圣洛（Saint-Lô）两地。然而，库唐斯发生了暴动。几天前，城中的税务官查理·尼古拉（Charles Nicole）放任他的武装军队进入了一间教堂，彼时那里正在进行一场目的不明的受洗仪式。神色慌张的教士逃跑了，躲在该市的一些资产阶级家中寻求庇护。为了保护教士，这些资产者试图从中调停，不想，护卫队却将其中两人杀死、一人打伤，并且暴力对待逃窜的行人。以上这一切"深深地警醒、震动并激怒了百姓"。这场暴动还传到了被警钟集结起来

[①] 皮埃尔·塞吉埃（Pierre Séguier, 1588—1672），法国政治家、司法官，曾任法国掌玺大臣、首席大法官。——译者注

1

的几个临近村庄。因此，夜半时分，查理·尼古拉带着他的仆从及家人逃离了他们的宅邸，而此时充满敌意的人群正聚集在城中心，酝酿着旧制度官员们口中所谓的"民众情绪"，也就是"一场造反"。很快，手持棍棒和镰刀的农民、手工业者和资产阶级决定洗劫税务官的宅邸，于是行动变成了一场起义。翌日到来的辖区长官未能驱散叛乱者。他紧急写信给地方执政官，后者最后派遣了一名新的负责人以重建安宁。对塞吉埃而言，这一事件十分明确。权力受到了顶撞，就应该重建权力的威严。就像在受到叛乱煽动的其他诺曼底城市一样，必须找到领头人，处决他们，以此让各地都能感受到国王之手的掌控。没有人可以逃脱税赋。

这位首席大法官在内心里盘算着这些念头，当他到达库唐斯市郊的时候，乍听到喧哗四起。几百个身穿白衣的女人跪在地上，其中一些在哭泣，另一些则因悲伤而面部扭曲，她们声嘶力竭地喊着她们的担忧。这些女人一开始原地不动，而后很快向他走来，请求他的怜悯。面对这些极度痛苦的哀求，这位国家政要神情冷漠。他并不倾向宽恕；既然权力在握，为何不将这座城市夷为平地，将居民赶尽杀绝？或者相反，他也可以展现自己的慷慨，以便快速平定局势，不甚费力地彰显王朝的权威。

作为一个名副其实的法学家和掌玺大臣，他选择了通过司法手段解决，虽然执行的过程非常仓促。当天，他命令逮捕那些参与掠夺的始作俑者，正是这些人洗劫了尼古拉的官邸，并且将其岳父先是用马匹拖拽、而后又一枪击毙。第二天，这些被审判并被定罪的犯人在"小麦集市"上被施以绞刑。行刑时，需要撑起一个四根支架的绞刑架。很快，1640年3月7日，塞吉埃及其仆从重新启程。库唐斯恢复了安宁，但是怒火仍在其他城市燃烧，比如阿夫朗什（Avranches）。作为报复，大法官命人摧毁了很多房屋。造反者们自称"赤脚"，这个名号是由他们的首领——所谓的将军让·"赤脚"（Jean Nu-pied）选定的。他们曾想通过武力和情绪的宣泄让黎塞留和塞吉埃下台，但很快就受到了镇压。他们的失败表明王朝走上了新的专制道路，从此以后，它将对国王的子民们征税，毫无让步。国家及其公仆们应该与民众的情绪达成和解，并且尝试控制敌对情绪，同时尽可能地激发那些对他们有利的情感。在库唐斯的女人们面前，塞吉埃当时应该已在权衡中做出了选择。

时至今日，在我们之中，谁不曾感受过一场集体情感的汹涌浪涛？谁不曾通过媒体感受到自身与整个世界的联结，并且与数十亿人共享同一起事件？欢畅的盛典，比如北京奥运会、伦敦奥运会、南非世界杯；又或是悲惨的灾难，比如2005年海啸、福岛核泄漏，这些事件都在全球激起了一致的反响。更不用说那些喜剧电影，不管是在巴黎、阿比让，还是在纽约、孟买，都让观众们爆发出了阵阵欢笑，而当詹姆斯·邦德从一场爆炸中虎口脱险时，同一批观众又都屏住了呼吸。

对于 21 世纪的男人和女人们来说，集体情感是一个显而易见的存在。他们可以怀疑这些情感是否能长时间地保持其重要性，也可以认为这些情感是他们生命中非自然的部分，如同一些集体性的消费品，在这样的集体中，信息先是一种消遣，而后成为对世界的认识。但他们不能否认，当一个前所未有的情况突然震撼心灵的时候，会有莫名的情绪将他们裹挟。所有这一切都是全新的感受吗？我们的祖先，甚至是最久远的祖先，难道没有感受过相同的集体情感冲动吗？是否已经存在着某些感受变化的普遍模式？情感在我们的历史中终究扮演了怎样的角色？

无论放眼世界的哪个角落，情感都扮演着核心的角色。在教育、体育、医学、娱乐以及更广泛的社会福利方面，情感都无处不在。但是，情感却总是被视为一种对理解的干扰，一种对公共事务中良好行为的阻碍。面对一位褒扬感觉的创造性、建议各个公司机构更加重视"情感资本"而非文化知识的心理学家时，成百上千人立即站出来反驳，认为只有理性才是走进真实的钥匙。

虽然情感像肮脏的灰尘一般被压在人文科学的地毯之下，但一些古典历史学家，他们或渴望重建决策过程，或渴望理解伟人最终如何选定某一条而非另一条道路，基于种种，情感因子着实被他们发掘了出来。由于这些历史学家被诋毁成小故事的叙述人，其心理主义也受到了指责，故而他们的学术计划被历史学科摒弃了。直至让·德吕莫（Jean Delumeau）和阿兰·科尔班

（Alain Corbin），以及更广泛地注重表象（représentations）的历史学家出现以后，情感才从个人心理学的迷宫中走出来，成了理解社会历史的工具。然而，这些精神大陆的拓荒者却拒绝把他们的分析与叙述事件的历史——即与战役、征服、起义以及镇压起义的历史——结合起来。总而言之，正是在这样的历史中产生了首席大法官塞吉埃和库唐斯妇女们的相遇，也就是位高权重者与平民百姓的相遇。

因此，这本书便处在这样一个十字路口。它希望展示集体情感在历史中发挥了切实重要的作用，同时指出社会心理是如何对西方世界的发展产生影响的。出于这个原因，我们选择通过情感这一简单线索来重读我们历史中的重要事件。从人类起源开始，情感的表达就得到了重视。我们可以在新石器时代的绘画中看出一群人何其愤怒，在他们残害了一个受害人的身体，直至将其乱箭穿心、长矛刺体之后，仍要在洞穴的墙壁上保存此人毁灭的痕迹。这种原始的仇恨，这种以该隐为永恒代表的远古人类的愤怒，揭露了我们的文明是多么深刻地受制于情感的冲动。因为该隐的子孙们和亚伯的子孙们一样，都在延续着这些混含灵感的记忆。

利益不是行为的唯一驱动力，这与自由主义者等人的想法正相反，他们只承认情感是有等级之分的。嫉妒、羡慕、欲望和挚爱一样，都是导致行为反应的情感冲动。诸如依恋、表象、自发反应以及对真实场景的感知等大量现象都是人类行动的起点。历史囊括了这所有的一切，探索着人类组织生命、管理生活的种种悲剧性方式。

实际上，所有的权力都有其自身对情感的管理方式。有时权力会激发情感，比如20世纪那些举足轻重的政治宣传者极力拉拢各个社会阶层；有时权力会压抑情感，比如罗马的皇帝们希望熄灭基督徒的热情；有时权力还会疏导情感，正如当今的总统们不得不在民意测验和竞选活动的风口浪尖上揣摩民众的精神状态。更何况，对于一出缺少兴奋、怨恨和沮丧的戏码，对于一个没有痛苦和恐惧的极权体制，我们能够想象吗？因此，为了阐明这一对民众和精英进行操控的灰暗部分，就必须重新审视情感的历史。

我们撰写的文章具有实验性的特征。它们处在心理状态和历史事件交会的节点上。它们的开端都是通过叙事来重现人们体验过的情绪，然后，通过反思来阐明当时的人们如何表达他们的所感，以及这些历史中的重要阶段是怎样逐步地凝聚为某一种情感的，而这某一种情感正是用来描述一个集体感受的方式。我们通过这种做法，成功区分了作为政治筹码的表达模式和权力关系具体表现的"情感"（sentiment），以及作为在特定背景下和不同环境中一个人的感受反映的"情绪"（émotion）。从某种意义上来讲，情绪是酝酿在事件之中的，情感则是用于阐释事件的；一个属于体验的部分，另一个则属于理解的范畴。这些集体情感中有一些穿越了时间的长河，直至成为老生常谈，甚至有时还变为谬误：对我们之中的很多人来说，1914年夏天的欢乐，如1919年德国人在《凡尔赛和约》上签字时的沮丧一样，是再自然不过的反应。同样地，我们认为，最早的基督徒因对上帝的爱而为殉道做好准备，这样的情感对教会的奠基人来说似乎至关重要。然而，如果这一切只不过是对一个痛苦现实的否认，又或者只不过是对某种工作中的操控机制的掩饰呢？

常识告诉我们，人不能凭借好感来实施好的政治。可无论如何，如果情感因素得不到考量，那么就只可能引发糟糕的政治。因此，本书中的章节将会引导读者颠覆我们自身的观察视角。如果权力听不到集体情感冲动的回声，那么它将很快覆灭。相反，如果它任由激情的噪声将其淹没，那么它最终将会走向沉沦。在情感的教育与自我的蛊惑之间是一条窄路。正是在这一夹缝中，伟人的形象被纷纷树立起来。伯里克利通过一篇葬礼悼词奠定了雅典公民的持久理想，这为我们提供了一个绝佳的例证。宇航员尼尔·阿姆斯特朗用谦逊的方式为我们的惊叹之情赋予了一个丰富的含义。无论是在科学、民俗还是艺术领域，我们都是作为一切创造之源的感觉与情感旋涡的继承者。维克多·雨果和亚历山大·仲马都懂得这个道理，他们通过《艾那尼》之战①，宣称要

---

① 《艾那尼》（*Hernani*）是法国大作家雨果于1830年创作的戏剧，一经上演，便掀起了浪漫主义与当时保守派之间的文学论战。

让他们那一代人进入理解历史的新纪元。

生活不只是群众与统治者之间展开的公开辩论，还有一些例外。当历史用情感把我们裹挟的时候，也可能向着卑微之人、无名之辈倾斜，正是这些人组成了那些重大事件的情节脉络。例如：带着满腔热忱出发去加利福尼亚掘土的淘金者们，抑或是维多利亚时期因开膛手杰克的连环谋杀悲剧而感到焦虑的小市民们，他们都被载入了史册。还有那些在"9·11事件"中受到惊吓的纽约人，他们向自己的亲友转达了关怀的训导和行动的邀约。第一批人铸造了美国梦，随后的一批人改变了伦敦的城市化进程，最近的一批人则唤醒了一个崇尚个人主义的国家团结一心的志愿。最终，对历史的书写应该重新找回约两个世纪之前由儒勒·米什莱所赋予的启发：增进理解与感受，从而更深入地推动反思。

第一章　悲伤

公元前431年冬，伯罗奔尼撒战争中的第一批亡灵

　　公元前431年的冬季，雅典和斯巴达之间的战争仍在继续。彼时，战争已经持续了一年，军事行动开始放缓。陆地上，雅典军队业已集结，配备重型盔甲和盾牌的装甲兵团枕戈待旦。除此之外，还有一些配备轻型武器的应征兵和一支轻骑兵部队，后者可由一支享誉整个东地中海地区的强大舰队随时调配。斯巴达人和他们在伯罗奔尼撒半岛上的同盟者们则更加强大，并且更习惯于地面作战。他们早先穿越了希腊，入侵了阿提卡，迫使雅典人不得不在巍峨绵延的护城墙之间藏身。然而，雅典人也通过海上军事行动令敌人节节败退。他们的远征部队已经完美地履行了自己的职责，进一步为雅典殖民帝国增添了荣光。敌人撤退了，但是一切皆有代价。依据习俗，雅典城应该向那些在战争第一年中倒下的战士致敬。在公元前490年的马拉松战役中，雅典人在打败波斯人取得辉煌胜利的第二天打破惯例，就地安葬了牺牲者；

而这一次，战士们的骸骨将被送回祖国，安葬在颂扬他们献身精神的丰碑之下。

与死者的永别

每个家庭都失去了孩子、丈夫和父亲。每个家庭都承受着与一位至亲或挚爱分离的痛楚。因勇士之名而带来的自豪感，与因失去家人而无法弥补的痛苦交织在一起。在每一个沉浸着悲伤的家庭里，亲朋好友们忍痛完成了最初的一系列悼念仪式。依照传统，需要由具有血缘关系的亲人来料理死者的遗骸。女人们将死者的身体洗净，有时会涂抹一层熏香的精油，然后将遗体放在床上，摆直头部，调稳下巴。还需要给死者穿上衣服，通常是一件白色或蓝色的宽大长袍。没有死者会穿着太过奢侈的祭服，因为法律禁止在死者身上穿多于三件衣服。或许在公元前431年的这场葬礼上，女人们不需要完成此项任务，因为尸体已经被焚毁，家属们用以哀悼的只剩下死者的骸骨。在这样的情况下，个体的悲伤被数量如此庞大的家庭共同分担，因而演变成了一种集体的情感。如果对同时代的悲剧作家索福克勒斯的语言进行改写，那么可以说，当公民们为了保卫国家而牺牲时，丧葬——这一"家庭的不幸"，同时也成了公共生活的一部分。

在各家照料完遗体以后，丧葬仪式扩大到了公共的范畴。伯罗奔尼撒战争中的第一批死者被安置在了市中心城邦广场的一顶帐篷里。在那里，人们昼夜不分地守灵，长达三天三夜。死者的遗体被城中所有的公民与城邦的盟友注视着。亲友们带来了祭品，斋戒也时常进行。人们悲痛欲绝，在正式的葬礼开始之前不吃任何食物。他们必须表现出痛苦，但又要保持一定的克制。一个半世纪以前，立法者梭伦制定法律，禁止用摧残身体的方式表达悲伤。有些妇女拔掉了头发，其他大多数人则只是把头发剪短。

送葬行列的组织标志着这场死者展示仪式的结束。临行前，死者的遗骸被家属们放进集体棺木。这里一共有十座棺木，每一座都对应着一个建立城邦的神话部落。棺木特意用以不腐而著称的柏木做成，寓意永垂不朽。死者的遗体被放进柩车以后，送葬队伍便毫不迟疑地准备起身。除了家人以外，几乎整个雅典军队都被调动起来，遵循着所属部族、军衔等级和所在街区的秩序，护送死者上路。甚至有一辆覆着白布的马车被用来代表失踪的战士，他们的遗体之所以没被找到，有时是因为战场上的尸身难以辨认，更多的情况则是在参与强大的雅典舰队战斗的时候遗失在了茫茫大海。

离开城邦广场以后，车队向迪皮隆城门（porte Dipylon)行进，此时才算离开了真正意义上的雅典卫城。接着，取道学院路，并很快到达了位于陶工聚集区的凯拉米克斯（Céramigue）

墓地。首先进入视线的是一些家族墓碑和几位富人的私人纪念碑。接着，步行者们来到位于墓地中央的一座纪念碑前。每年，当人们举行类似于 11 月 11 日①的庆祝仪式时，都会在这座纪念碑下安葬新的为国捐躯之人。墓地旁边，女人们的哭泣声不绝于耳，尽情抒发内心的悲恸。依据法律，她们只应为那位令其到场的死者哭泣，以避免一切丑闻和用情过度之嫌。一段时间以后，在越来越浓重的寂静中，城邦首领伯里克利登上了为这场悼念活动支起的演讲台。

最古老的悼词

伯里克利时年六十四岁，蓄着贵族的胡须。他那被戏称为"洋葱头"的长脑袋上戴着一顶头盔，因为他正以军队统帅的身份发言。三十年来，他掌管着雅典城的命运。他的私人生活几乎与公共广场融为一体。他的第一任妻子蒂诺玛克（Dinomaque）是他的两个儿子桑西巴斯（Xanthippe）和帕拉洛斯（Paralos）的母亲。后来，他与蒂诺玛克离婚，和阿斯帕齐娅（Aspasia）成为恋人。阿斯帕齐娅是一个来自米利都的外邦人，时而被指责

---

① 11 月 11 日是第一次世界大战停战纪念日。——译者注（若无特殊说明，本书脚注均为译者注）

为老鸨和妓女，时而又因非凡的智慧而被包括苏格拉底在内的人所赞赏。伯里克利与她育有一个与自己同名的儿子。作为政治领袖，伯里克利指挥征战，在规划对外政策主要纲领的同时，也为民主政治的有效运行做出了关键的决定。他总是有条不紊地授予人民特权，尽管他偶尔也需要同贵族阵营结成联盟。

葬礼这天，他的演讲是不能抱有偏见的。他的发言必须在所有公民的心中引起共鸣，并且帮助他们超越个体的悲伤。在听众中，除了护送战友的战士、死者的家属和朋友以外，还有雅典人的外籍同盟军。这些同盟军组成了轻兵器和弓箭手部队，在总攻开始之前扮演着重要的角色。成千上万的听众中还包括受城邦保护的外国商人，他们在雅典的领土上可能已经生活了好几世代。他们将会把这位演说家如同军令般的宣讲带到远方。

伯里克利擅长演讲，他的口才闻名于世。公元前472年，年纪轻轻的他就在希腊最重要的戏剧节之一——大酒神节上出色地演绎了埃斯库罗斯的剧目《波斯人》。在他的职业生涯中，无论是选举还是诉讼场合，他都曾面对非常庞大的听众群来表达自己的观点。他懂得如何讲话，懂得如何吸引他人的注意。

公元前431年，伯里克利的国葬演说成了我们迄今所知的最古老的悼词。由此，他还推行了一种在后世流传久远的演讲体裁，让安抚行为得以通过对公民美德的颂扬和对政治体制的捍卫而获得崇高的升华。此次国葬因这场演讲而充分发挥了其全部意义：它不仅仅是对死者的致敬，同时也是对公民意义的重申和革新。悼词开篇便追溯传统，伯里克利讲道："曾在此地先于我而发表讲演之人，大多对立法者予以赞美，因为他通过法律将发表葬礼演说加入葬礼仪式的末尾，以示战争中阵亡将士的荣耀。对我而言，我更愿意认为，那些阵亡者已经在他们的实际行动中表现出了英勇，足以彰显其荣耀，这同你们刚刚看到的国葬所赋予他们的殊荣是一样的。对于如此之多的阵亡者的美德，我们相信与否不应取决于某位演说家能力的高低。"

当然，在这番话之后，他用了很长的篇幅赞美雅典，但是这位军事统帅也借此机会强调了那些为祖国牺牲一切的死者的价值。因为，在这个城邦中，富人们履行了自己的义务，穷人们则更愿意为国效力而非追求财富。公民们的热情源于雅典的机构设置及它崇尚的美德。伯里克利承担了安抚者的角色，他一面强调逝者的光荣，一面又让活着的战士、死者的弟兄和儿子努力以死者为标杆，"不用向他们看齐，而是刚好在他们之下即可"。就这样，他的语调混合了不同的感情色彩，不断激发着听众的自豪感、责任感、复仇的欲望（因为战争尚未真正结束），甚至还有感恩的情怀。他还赞美了雅典城是整个希腊世界最令人向往的城市，这得益于它所具有的思想、行动、富足、慷慨和力量。他告诉死者的遗孀和遗子们，城邦将在物质上为他们提供支持，直至幼子成年。随后他结束了演讲："现在，已为阵亡亲属哀悼完毕，请你们散开吧。"在他渐渐远离的那座纪念碑上，刻着所有死者的姓名，他们将享有永世的荣光。

家属们缓缓离开了墓地，依照法律，女士优先。城邦希望避免公民长期深陷在情感中无法自拔，因为对于古人来讲，女人代表了感性。一些家眷带来了祭奠用的食物与邻人分享：水、牛奶、蜂蜜，甚至还有葡萄酒。然后，他们重新回到住所，以死者的名义设宴，宰杀动物作为祭品。值此之际，遵守斋戒的亲友们停止斋戒。在之后的一月内将举行若干场这样的宴会。渐渐地，随着死者离世的伤痛慢慢淡去，人们可以更自由地谈论此事，彼此交流时也不再显得那么焦虑不安了。

此外，官方对个人服丧的时长已有规定，因为服丧期间必须远离各种民间活动和宗教场所。对男人来说，服丧的规定时间为一个月。之后，他们要重新回归公共生活。人们根据与死者关系的亲疏远近，延长或缩短服丧时间。详尽明确的法律显示了各个城邦十分在意对公民行为的监管，以及对公民表达情感的控制，以达到简化共同生活、尊重不同宗教习俗的目的。主管妇女事务的大法官是由公民选举出来的，他负责监督各项典礼及丧葬活动是否合乎法律规范。这或许令人惊讶。但是，在雅典人的观念中，母神庙是保存城邦档案的地方。所以说，女性与记忆之间存在着一种十分紧密的关系。女性承载生命，驱逐死神，正如歌颂战士荣耀的演讲中所指出的那样。这位大法官具有实实在在的宗教意义，他可以对那些不遵守服饰规定或丧葬礼仪的人施以诅咒。因此所有的丧事，无论是在民间范围还是在军事范畴，都带有一种社会属性。

接二连三的葬礼

公元前430年初，雅典继续与斯巴达作战。第一批牺牲者刚刚下葬，军事行动便迅速展开。与前一年一样，斯巴达人及其盟军入侵了雅典周边的村庄，并拿下了阿提卡全境，从而使雅典陷入绝境。对于伯里克利来讲，这只不过是暂时性的局面。他重新采用了一年前成功实施的方案，命令农民躲避到绵延的城墙之后。敌人坚持不了多久，因为他们已经远离了自己的大本营，并且雅典人在撤退之后留下的是一座没有食物的空城。从技术角度来讲，这场围城也不会持续太久。但是，一场可怕的瘟疫突然袭来。这场被称为雅典大瘟疫的疾病，病理性质不明，能使全身感染，一般情况下可迅速致死。奇怪的是，伯罗奔尼撒半岛却免遭此劫。

尽管情势严峻，伯里克利仍武装起百艘舰队。他与盟军们集结了一支军队，向敌人后方挺进，目的是破坏并掠夺敌军后方大本营。如此一来，斯巴达人将会后悔远离阵地，而雅典人则可以补偿敌人入侵所造成的损失。6月，虽然途中遭遇到几个城邦的抵抗，但是海军舰队依旧胜利归来。不幸的是，夏天，新一轮瘟疫暴发了，雅典城内出现大量患者。远征部队在色雷斯的战败又让这场悲剧雪上加霜。感染瘟疫的部队使疾病就地扩散，四千名出征的装甲步兵有逾千人未战先亡。

在雅典城中，或许是因为人口密集，瘟疫加速扩散，大约有四分之一至三分之一的人口死于这场灾难。侥幸活下来的幸存者指责伯里克利是一切痛苦的根源。难道不是他想要发动战争吗？那么多一无所有的人拥挤在绵延的城墙背后避难，以致生存环境恶化，难道他不是罪魁祸首吗？这位饱受责难的军事统帅因此召集全体公民，在他们面前进行自我辩护。他的听众们满腔怒火，因接二连三的丧事而变得惶恐不安。所以，他的演讲意在呼吁民众超越个人境遇，重新思考集体行动。他勉励人民保卫城邦，因为他们面临着巨大的危险。他取得了暂时性的胜利。然而，由于受到挪用公款的虚假指控，他很快就被剥夺了权力。

伯里克利再也没有一丝精力进行辩护了，因为在那次瘟疫中，他失去了自己的两个婚生儿子：桑西巴斯和帕拉洛斯。他筹办了一场葬礼，在他离开时，雅典的公民要求他道歉，而他只是沉默不语。之后的几个月，他继续管理城邦，并为他与阿斯帕齐娅所生的儿子——小伯里克利申请公民权。这样一来，他违背了其本人在公元前451年推行的法律，这项法律规定双亲中如果只有一位是雅典人，那么他们的孩子不得在议会中享有投票权。

公元前429年秋，伯里克利病倒了。他的病情发展缓慢，这给他留出了接见朋友的时间。因此，就像很多希腊人一样，他也有时间去思考死亡。他真的相信自己的生命会在地下、在地狱、在哈迪斯的冥府里终结吗？他是否认为灵魂不朽？虽然历史没有明确记载他的情人阿斯帕齐娅在他弥留之际给予了怎样的陪伴，却清楚地表明了他周围的男人们是如何对他忠心耿耿的。

在那些议论他美德的亲友面前，这位将死之人佯装睡觉。为他深感骄傲的人细数了那九座为他的胜利而树立的纪念碑。从梦中醒来的伯里克利却予以否认："听到你们歌颂和重提这些事迹，我很诧异。命运自有其定数，众多将领已经在我之前完成了这些功业。然而你们却没有提及在我生命中更美好也更伟大的事情，那就是没有任何一位雅典人因为我的过失而服丧。"他的自豪感来自没有对任何政治对手判处死刑，这便是雅典式民主充满活力的象征。

伯里克利由他的朋友和伴侣安葬，不过，他继续活在人们的记忆里。这些记忆滋养了民主政治的成长。阿斯帕齐娅甚至做了吕西克勒斯（Lysicles）的妻子，并在随后的一年中支持了这位新主人的夺权之路。但是，纪念伯里克利的集体哀悼并非一时之事。他的人格与品行长久传承，流芳后世。他的国葬演说在岁月中被保存下来，展示了一位演说家如何将一个个体绝望的时刻转变为集体行动的源泉。像那篇悼词一样的演讲总能用情感激励公民，指引他们迈向理性的伟大。

第二章　惊恐

公元 79 年，庞贝

　　显然，潘神①并未死去。公元 1 世纪末，供奉潘神的庙宇和圣山依然是人们的朝拜胜地。他的形象和雕塑装饰着罗马帝国的各个城邦，有关他的神话故事世人皆晓，孩童常听。在庞贝，一座引人注目的大理石雕像表现了潘神的形象：他神色调皮，正在给牧羊人达夫尼斯（Daphnis）传授引诱女人的秘诀。这位长着一对山羊脚的潘神知道如何讨好他人，如何让他的被保护者感到满足，因为他就是大自然的主宰。有时候，当他的山羊蹄猛烈地踩踏大地，当他的笛子发出可怕的回音时，他也会散播混乱和恐惧，这种恐惧是那样地强烈，让惊慌失措的人们在他面前四处逃窜，先是失去理智，很快又丢掉性命：这就是潘神带

---

① 潘神（Pan）是希腊神话里的牧神，掌管树林、田地和羊群等。他有着人的躯干和头，山羊的腿、角和耳朵，他的外表后来成了中世纪欧洲恶魔的原形。

来的惊恐①。

　　然而，公元 79 年，在维苏威火山附近响起的不是潘神的战鼓，而是大地低沉的噪声，是翻腾的岩浆和土地龟裂发出的喧哗。大地的脚步令房屋颤抖，让庞贝、赫库兰尼姆（Herculanum）、斯塔比亚（Stabia）、博斯科雷亚莱（Boscoreale）城中的居民深感不安。刚开始的时候，一切都难以察觉，然而，几个星期过去了，晃动越来越频繁。工匠们的工具遭到损坏；赫库兰尼姆的一位面包师不得不修理他的磨盘和面缸，他一边等待灰浆变干，一边缓慢劳作。在很多城市里，水源的供给出了问题，因为帝国的引水渠好像出现了裂纹。屋顶与墙体受到损毁，一些房屋甚至坍塌。虽然政府建筑、寺庙和广场能够被修复，但是晃动留下的痕迹在城中各地仍然十分明显。这些现象无不让人想起公元 62 年发生的地震。然而新的裂痕已经出现，为一场前所未有的冲击拉开了序幕。

那不勒斯湾上的旷世奇观

　　小普林尼是唯一一位留下火山喷发记录的直接见证人，彼时

----

① 原文中，"pannique"（惊恐）一词的前三个字母与 Pan（潘神）拼写相同，此处作者一语双关。

的他住在那不勒斯湾对岸的米塞努（Misène）。据他所写：公元
79 年 8 月 24 日上午 10 时，一束巨型烟柱蹿向空中。维苏威火山
爆发，火光在天空中映出它的穹丘，岩浆在压力下喷射而出。火
山云状若松树，树干粗壮，浓烟形成的云伞向南方倾斜。火山专
家认为，这片由尘土、废气、熔岩碎片组成的浮石团在最强的冲
力下应该达到了二十四至三十五千米的高度。所有住在那不勒斯
湾的居民都注意到了这个遮天蔽日的浮石团。彼时彼刻，他们已
经明白，一个超乎寻常的现象正在发生。小普林尼决定叫醒他的
叔叔，进而观察这个不可思议的奇观。他的叔叔是一位有名的学
者兼精干的军人，认为需要更近距离的观察，于是，他命令自己
的海军舰队准备出海，他这样做是出于对科学的热爱，也是为了
向对岸不幸的居民们伸出援手。他将在这次行动中失去性命，二
十年后，他的侄子会在寄给历史学家塔西陀的两封信中记录下这
个场面，留传给后世。

　　下午 1 时，浮石和火山灰开始如雨水般倾泻在庞贝古城。虽
然严格意义上讲，火山喷发仅持续了将近十个小时，但是空气中
的悬浮颗粒在四天之后才完全消失。在此期间，火山碎片持续下
落，有的重如岩石，有的轻若烟尘。

　　很长一段时间内，这一地区没有任何火山喷发过，当地居民
甚至以为它休眠了，因为上一次爆发还是将近一千七百年前的事
情。考古学家们发现了那次灾难的痕迹，得以复原火成碎屑岩流

（一种高温下的泥沙喷发）的冲击范围，这股岩流当时还波及到了位于维苏威火山旁边、诺拉城（Nola）附近的一处旧石器时代的营地。在罗马帝国时期，有关这次事件的记忆荡然无存。居民们至多听说过在欧洲其他地区，尤其在希腊诸岛突然出现的火山爆发现象。人们遭遇石头雨，被悬浮空中的、令人难以呼吸的微粒蒙蔽双目，这难道不正是高卢人害怕看到的"九天压顶"吗？实际上，一个约十五米厚的尘土石块层在仅仅几个小时之内就把整座城市吞没了。

震惊，错愕，恐惧，这些应该是庞贝的居民们在当时体验到的情感。在19世纪的哲学家们看来，彼时遇难者尸体模塑上那一张张扭曲变形的面孔就是佐证。灰尘包裹了死者的身体，而后开始发硬。在灰尘吸干死者残骸的水分之后，地底便留下了一个空洞。意大利考古学家们在理解了以上过程之后，想到用生石膏将这个空洞填满。是的，遇难者的面部表情十分生动：他们面孔扭曲，嘴半张着，像是在努力呼吸。有些人蜷缩成腹中胎儿的形状，另一些人躺卧，表情僵硬。在这座如今已变成"旅游墓地"的城市里，痛苦，又或是绝望，仿佛是众人共同的命运。

火山边上的异教徒

至少在18世纪末，对庞贝遗址的首批到访者而言，情感占据了上风。这是因为，庞贝的历史仿佛一面镜子，折射出每一代人对自身命运和末日审判的担忧。1834年，作家爱德华·鲍沃尔-李敦（Edward Bulwer-Lytton）就以他的著作《庞贝城的末日》（*Les Derniers Jours de Pompéi*）一举成名。他在书中描写了发生在两个年轻人——格劳科斯（Glaucus）和伊俄涅（Ione）——之间的爱情故事，两人是邪恶的埃及人阿尔巴克斯（Arbacès）的迫害对象。灾难发生以前，人们对即将来临的危险一无所知，依旧饕餮挥霍，莺歌燕舞。终于，火山爆发了，它的愤怒瞬间摧毁了人们的日常生活。两位主人公因一位盲人女奴的自我牺牲才得以在灾难中幸存，正是这位女奴带领他们穿越了倾泻如雨的火山灰。故事的最后，他们在希腊平安地度过余生，皈依了基督教。平凡生活的突然中断，以及灾难对社会所有阶层一视同仁的打击，这些主题都令读者深深着迷。无论贫富，人人都在灾难中受到冲击，唯有奇迹才能使人逃脱死神的魔爪。对于鲍沃尔-李敦以及他同时代的历史学家们来说，基督徒的崇高品德不可与异教徒的荒淫无度相提并论。19世纪，人们难道不是发现了一座名为"大妓院"的房子吗？里面的装饰暗示着毫无节制的性欲。此外，一幅以巨大阳具来表现普里阿普斯①的镶嵌画和一些充满暗示性的塑像也刺激着人们的想象。考古痕迹和房屋装饰显示了

———————————

① 普里阿普斯（Priape）是希腊神话中的生殖之神。

当时生活的腐化堕落。在角斗士们的其中一间住所内，难道不是发现了一具富婆的尸体，浑身缀满珠宝，躺在一位武士身旁？一些女人缠在三叉戟角斗士和佩剑角斗士那肌肉发达的身上寻欢作乐，这难道不是上层社会腐化堕落的另一个迹象吗？在维苏威火山脚下，竟然有一座罗马的索多玛城！由此可推断，大自然作为复仇者，是来惩罚亵神之徒的……总之，潘神为基督教这位征服者担当了助手。

最新的考古学修正了这一以宗教信仰来破译情感内容的伦理主义观点。尽管缺乏足够的证据，但是考古界根据在庞贝和赫库兰尼姆古城的最新发现给出了另一种解释。这一解释对小普林尼记录的日期提出了质疑，进而将灾难发生的日期定位在 10 月初。因为众多线索显示，在火山喷发之际，夏天已然结束。这些新的分析尤其得益于在法医鉴定、日期推定和 DNA 鉴定方面的诸多理论成果。自此以后，科学家们对好几位考古发现的遇难者所经历的最后几小时进行了复原，从而修正了以前道德感化的解读方式。他们提醒人们注意，庞贝的富豪和角斗士并不是这一住所中唯一的遇难者，实际上另有十七人和两只狗在场，这些遇难者们都曾以为自己找到了庇护所，然而矿石的洪流却持续喷涌。在这场灾难中，人们的恐慌情绪经历了若干阶段。

据说，在火山爆发前的日子里，城中居民都十分害怕会像十七年前那样突然发生一场地震。随着余震接踵而至，这种担忧越来越强烈。许多考古发现的房屋被掩埋在平整的土层之下，屋内空无家具，足以证明主人因为预见到了即将来临的危险而迁居。甚至在大灾难的最后阶段开始之前，庞贝城中可能已经自动疏散了一部分人口。火山的爆发继而掀动了情感的沸腾。

惊恐就在此时此刻出现，迫使庞贝的居民们分道扬镳，其中一些倾向从陆路离开，顶着夹杂火山灰的狂风而北行，或者向海岸而去，以躲避引发震动的火山。我们在考古遗址中可以看到突发性的情绪反应。庞贝城一间面包店的烤炉里有八十块烧焦的面包，面包师是在逃亡时忘记他正在烘培的一炉面包了吗？在一座名为"铁匠"的房子里，若干被遗弃的工具让人想象它们的主人及其助手是否拿走了最重要的物品，而留下了可有可无的？更令人称奇的是，在其中一栋被发掘出的别墅——"画家别墅"里，各种作品被丢在地上。墙上留下的斑斑颜料和被中途打断的素描，都表明画匠们在匆匆离开时把画具落在了原地。这是否发生在一次强震之后，在他们听到了火山喷发的巨响或者发现了第一场浮石雨坠落之后？他们是从陆路还是从海路出城的？他们是否回到了自己的家，有没有找到一个安全的避风港，是否相信这一切只会持续几个小时，他们很快就会对此置之一笑？

实际上，有些家庭选择留守。1975 年，考古者们在一栋大别墅的两个隐蔽的房间里找到了十二具尸体。尸体脊柱的畸变表明了同一名家庭的好几名成员曾经待在一起，具体来讲是三代人和他们的仆从。这些人当中还有一位年轻的孕妇。考古学家们认为她因怀有身孕而难以逃跑，其他家人因此决定暂时留在原地，情势稍稳后再出发。他们是否意识到，越来越厚的灰尘在室外沿着墙壁层层堆积，直至将门窗全部掩埋，或者沉重地压在上方的灰尘将在某一时刻导致房顶的坍塌？当这一切发生的时候，他们应该已经死去了。实际上，火山浮石的微尘无孔不入，渗入房间，被里面的人吸进了体内。这多孔的粉尘从人的肺里夺走水份，最终堵塞肺泡，令人无法呼吸、无处汲氧。这样的窒息持续约半个小时。他们是否尝试过用湿布保护自己，从而坚持得更久一些？他们或许希望借助暂时的平息离开住所，因为女人们已经带上了她们的珠宝首饰。但是，在石块和尘土的坠落之后，紧接着就是迅猛而又温度极高（一千五百摄氏度）的岩浆。

根据小普林尼的记述，在公元79年8月25日最开始的几个小时里，曾有一些人抗争过：一位父亲、一位母亲和他们的孩子没能走出庞贝城，在离家不远的地方死去了，把家门的钥匙永远地留在了身上；一些行人在靠近公路之后遇到了突如其来的火山发光云；另一些遗体在庞贝城的墓园里被发掘出来，混杂着树木与植物的残骸。这些人应该是行经此地，却因公路上的重重障碍耽误了行进。他们大约男女十五人，为了更快速地前进，只随身携带了轻巧珍贵的稀世珠宝。每个人都感受到了不得不背井离乡的撕心之痛，在惊恐中，他们觉得必须带上几件有用之物，或者像其中一位妇女一样，带上一座良善女神的小雕像，罗马人相信这位掌管命运的女神可以在厄运突袭时给予他们保护。然而猝不及防，所有的人都被发光云卷走了。

一些观点指出，居民们认为灾难不会持久，不然也不会落到如此极端的境地。一只守门犬的尸体上仍然戴着链条，或许是它的主人希望它可以在主人不在的时候看家。在赫库兰尼姆，面包师为了保护驴子而把它们赶到牲畜棚里，火山云就是在那里袭击了它们，并且在一瞬间吞噬了躲藏到海滩渔船上的居民。这些石制结构的拱顶渔船或许承受得住从天而降的灰尘和石块的重量，也经得起大地的晃动，赫库兰尼姆的居民应该早在公元 62 年的大地震中就注意到了这一点。

2002 年发现的三百具尸体转变了研究者的视角。长久以来，学者们一直认为，幸亏赫库兰尼姆的居民提早离开，遇难的人数很少。现在他们突然明白了，即使在那里，人们的危机意识同样很淡薄。村民们对火山的认识不能帮助他们预料到随着压力的下降，火山会在各面斜坡上倾泻灼热的岩浆。由于没有经历过石块坠落，他们天真地认为自己能够逃脱灾难，况且，在维苏威火山的这一面山坡上，还不曾发生过灰尘雨和浮石的崩落。也正因如此，当两股火山灰熔流在此地突然喷涌而出，并形成一个方圆三十米的巨大岩石盖的时候，人们陷入了彻底的惊恐。

灾难过后

现在，我们终于明白了为何人们会把一起如此令人震惊的事件作为参照，用来类比 1945 年后发生的那些超乎人类理解的事情。在以寻求神明正义为标志的宗教解读之外，又追加了另一种恐惧，那就是：核武器发明之后，被同类在电光火石之间灭绝的恐惧。在广岛纪念墙上投影的遗体印迹与庞贝城的遇难者铸模交相呼应。自此以后，这一历史事件在影视剧作品中成功博得了关注，很大程度上正是得益于这种等价类比。然而，冷战结束之后，另一种更为后现代的情形显露出来。

人类的探索并未因死亡的来临和追求救赎的执念而就此终结。公元 79 年后的庞贝，依稀可辨的生命痕迹指引我们关注灾难过后人类活动的重启与转变：例如，1938 年在庞贝遗址发现的印度女神吉祥天女的小雕像意味着什么？那些用来盛酸甜口味鱼露的双耳尖底瓮又意味着什么？庞贝是这种鱼露最大的产地之一，而这些器皿又通过庞贝的商人在火山喷发一个世纪之后运送到了高卢。

庞贝成了一个让世人学习如何露天保存遗迹的实验室。这座城市甚至启发了那些想要维持屠杀遗址原状的人。比如在奥拉杜尔村①，城墙上涂抹的保护灰浆、房屋正面使用的黏合剂，以及对游客可能引起的腐蚀的监管，都是"二战"之后从庞贝城借鉴来的做法。很快，文化管理方面的法律出台了。庞贝遗址的管理者们渴望进行遗址的扩展，获取新的可供发掘的土地，包括私人土地，从而为公众提供一些史无前例的别墅和作品。他们的目的呢？通过新的发现来增加对游客的吸引力。如何让那些在这座知识工场之上建造了花园和住宅的居民从此地迁出呢？在此期间，面对预算上的限制，他们倍感绝望地奔走呼吁，渴望找到维护这座露天公墓的资源。

从更深层次来讲，庞贝展示了一种在各类自然灾害——火山喷发、地震、风暴或海啸等——发生之后的普遍模式。亲身经历事件的人在惊愕、恐惧和悲痛之后，见证者和同代人在奉上同情和怜悯之后，随之而来的就是重建、超越以及部分的遗忘。活在现实世界中的人感受到的集体情感掩盖了最原始的情感。这就是生者的王国：他们忽视了祖先们在历史面前的真正感受，他们在记忆中保存着亡故者的幻像，又在等待未来的途中沉浸在自己的情感之中。

---

① 格拉讷河畔奥拉杜尔（Oradour-sur-Glane）是法国新阿基坦大区的一个村庄。1944 年 6 月 10 日，六百四十二名村民被德国一支武装亲卫队屠杀。

第三章　爱

公元 303 年，圣阿涅斯的选择

公元 303 年，罗马不再是帝国的中心。其他一些大城市，如
安提阿（Antioche）、塞萨洛尼基（Thessalonigue）或亚历山大
城，经历了人口的激增并完成了皇宫的兴建，与此同时，强大的
卫戍部队也在城中驻扎下来。掌权近二十年之久的皇帝戴克里先
引导了一场深入的政治制度改革，将权力分配在四个男人手中，
其中两人——戴克里先本人和伽列里乌斯——统治罗马帝国东
部，另外两人——君士坦丁和马克西米安——负责帝国西部，特
别是动荡不安的高卢省和布列塔尼省。在这个趋于稳定的政权统
治之下，帝国的经济繁荣发展，城市中心区欣欣向荣，因而吸引
了大量人口。

然而，罗马依然是地中海盆地最大的城市。城中熙熙攘攘约
有一百万居民，其中很大一部分来自罗马帝国的边缘地带。这座
皇城吸引了形形色色的商人、政府官员和在这里起家的军人。这

些军人组成了一个与元老院贵族和上层社会骑士阶级相亲近的精英集团，历代皇帝都会从中招募最高级别的国家公仆。在这个出身和个人价值参差不齐的世界里，始终存在着各种各样的偏见。奴隶、自由人、公民、外国人仅仅是这些不同种类的人群中最为突出的一部分。此外，还混杂着数不清的与出生地或职业有关的文化樊篱。

为城邦的神明献祭

个人出身的多样性必然需要一种精神上的宽容态度。各种宗教与信仰在罗马的神庙中堆叠，这是因为人们习惯把被征服民族所供奉的神明塑像或其象征带回这座都城。而这些战利品又转而成了那些渴望神性力量的民众寻找崇拜对象的源泉。当然，密特拉女神①依然很受欢迎，虽然她散发的东方气质有时会被批评有些过度。流传最为广泛的宗教信仰是那些与家庭相关的，特别是对诸如朱庇特、维斯塔②、丘比特或巴克科斯③这类强大而又令人不安的神的民间崇拜。与这些神祇相关的仪式和节日并不仅仅是个人的信仰行为，其中也融入了一种集体性，把参与崇拜的行

---

① 密特拉女神（déesse Mithra），一个古老的印度-伊朗神祇。

② 维斯塔（Vesta），家庭和炉灶的保护神。

③ 巴克科斯（Bacchus），罗马神话中的酒神和植物神。

为看作一种为全民福祉履行承诺的印证。然而从公元1世纪起，每隔一段时间，公共仪式的秩序就会被一些新的宗教信徒扰乱，这些人就是来自犹地亚和希腊各省的基督徒，他们的信仰源自地中海东部。他们的活动范围逐渐在意大利扩张，甚至让某些上流社会人士秘密地改信了基督教。

对于戴克里先和伽列里乌斯而言，权力及其稳定性需要通过对民间崇拜的重建来实现。这需要全体公民表明他们对权威的恭敬，并同时参与到来自帝国纯粹传统的宗教实践中。无论心中有何隐秘的想法，他们都应该供奉城邦的神明。在这一精神的指引下，公元302年和303年间，皇帝们采取了一系列措施，以确保人民的信仰坚不可摧。于是，一轮针对所有拒绝追随先人信仰之人的迫害开始了，首当其冲的就是基督徒。

然而在罗马，对基督教的改宗广泛地涉及了所有家庭。其中一些家庭是在旅途中邂逅了基督教信仰，这种情况在政界和行政领域尤为明显。对于这些家庭，政府允许他们享有一块沿亚壁古道（via Appia）而建的墓地，寻求隐秘性的习惯是与他们社团化的宗教实践相辅相成的。其中有一个家庭，除了那些通过教士传统和基督教神话传递给我们的信息以外，我们对其知之甚少。这个家庭使一部分邻里改信了他们的宗教。这个家庭的女儿——阿涅斯（Agnès）——的乳娘也为自己的女儿艾梅兰吉（Émérentienne）选择了基督教。两个小女孩在公元290年前后出生，她们一起长大，在祈祷和沉思中分享着相同的志趣。这些基督徒的信仰在前述的迫害事件中变得愈发坚不可摧，而罗马教会则在如何与当权机构维持关系这一问题上发生了分歧。在公元 250 年至 251 年间，面对危险，一些基督徒一边等待着压迫结束，一边向皇帝作出了妥协，然后又以忏悔的姿态重新回归。一位谦逊的主教科尔内耶（Corneille）建议宽恕这些变节者，正如西普里安主教（évêque Cyprien）在非洲行省所做的那样。相反，其他一些罗马高级教士，比如曾作为罗马主教在一段时间内管理天主教会的诺瓦替安（Novatien），则是坚定路线的支持者，他们拒绝接受对异教让步的迷途羔羊渴望回归的乞求。在这样的分歧中，一场教会内部的分裂正在意大利的土地上酝酿着。

强大的对手

阿涅斯是这个风雨飘摇却又在缓慢重建的宗教团体中的一员。她遵循一种半隐秘性的宗教崇拜，在一个每天都会有不同信仰之徒相会的街区中过着社会化的生活。依据传统的说法，这位十三岁的少女是在返回学校以后被一位军事长官的儿子看中的。这样的军事长官在罗马有很多，他们分别在罗马城或皇宫里担任职务，构成了当地的最高权力力量，特别是那些统领着夜警——维持区域安全的警察——的城市长官。军事长官年轻的儿子立即被阿涅斯的美貌所吸引，对她展开了攻势，以礼物和珠宝相赠。作为回应，阿涅斯明确表示了她对一位神秘人的爱意。编年史学家雅各·德·佛拉金（Jacques de Voragine）于几个世纪以后在《黄金传说》（*Légende dorée*）中把这段话当作出自阿涅斯之口的爱的宣言：

> 我所爱之人比你更高贵，他的美貌为日月所仰慕，他的财富取之不竭，他强大的力量可以令亡者复苏，他的大爱超越世间一切情爱。他把戒指套在我的指上，赠予我宝石制成的项链，为我穿上金丝织就的长裙。他在我的脸上留下记号，阻止我去爱除他以外的任何人，他用自己的鲜血浇灌了我的膝盖。我已然献身于他的爱抚，他的身体已经与我的身体交缠，他向我展示并许诺给我无可匹敌的宝藏，只要我对他报以持之以恒的爱。

不幸的是，这个年轻的男子对她的爱意却变得更加浓烈了。他的内心备受煎熬，不明白阿涅斯已经把爱献给了基督，于是他把自己的激情诉说给父亲听，让父亲应允自己向这位花季少女求婚。军事长官一面为他的儿子忧心，一面又大权在握，遂决定质问阿涅斯对另一位未婚夫的爱意到底有何等深厚。最终他明白了，阿涅斯已把自己许诺给了基督，拒绝缔结其他一切婚约。或许是出于报复心理，他把阿涅斯置于一个两难的选择面前：要么选择成为女灶神维斯塔寺庙的圣女，将自己奉献给这位女神；要么选择被发配到妓院，从此以卖淫为生。年轻的女孩拒绝放弃信仰，因此被逮捕，进而被脱光衣服带上街头，送进一栋封闭的房子里。就在此时奇迹突然降临，她的头发倏地冒出，遮住了赤裸的身体。到达妓院以后，女孩又遭受了新的凌辱——长官的儿子带着一帮朋友来羞辱她、玷污她。然而，他的朋友们被少女的优雅所打动，拒绝听从他的命令，直到最后，只有他一人独自面对欲望中的猎物。然而，他突然窒息而死，就像被什么东西"勒住了喉咙"，《黄金传说》中就是这样描写的。阿涅斯也许是受到了一个被她持之以恒的祈祷打动的天使的保护。另外，在那栋封闭房子所在的地方，一座教堂于随后的几个世纪中拔地而起，使得这个基督之爱的奇迹永久流传，并将异教徒对肉欲的追求清除得干干净净。

基督教的传说并不仅限于此。它通过描述阿涅斯真正意义上的殉道，继续追索着这个女孩的命运。实际上，军事长官得知儿子的死讯后大为震惊，他命令阿涅斯把他的儿子从死者中唤回，以自证清白。阿涅斯通过祈祷实现了长官的要求，让他的儿子复活了，但不幸至极的是，她因此引起众怒，被指控使用巫术。警卫很快将她逮捕，要把她投入火海。其实，有很多基督徒在史诗电影里常常描绘的角斗场外被烈火烧死。通常，施放火刑的柴堆是用来焚烧献给帝国神明的贡品的。这时，另一个奇迹悄然降临了，火焰从这位不幸的女孩身上移开，转而烧向前来围观酷刑的看客们。警卫官在平息动乱时用匕首刺入阿涅斯的喉咙，成全她以这样的方式去追随她永恒的未婚夫——基督。她的父母迅速地安葬了她，勉强从异教徒们企图击毙他们的石块雨中逃脱出来。

在这位少女的墓地上，罗马教会于一个世纪之后建起了一座基督教堂。相邻的另一座教堂则见证了艾梅兰吉对她的姐妹所怀有的崇敬之心，因为，在阿涅斯殉道不久以后，艾梅兰吉也在这块墓地被人杀害：她作为基督徒的身份被人认出，而后被乱石打死。于是，坟场成为上演奇迹的舞台。在阿涅斯死后八天，她又活着出现在父母面前。教会庆祝了她的复活节日。这位圣女的屡次显灵指明了她在罗马教会中的象征意义：夫妻贞洁与身体纯洁的守护神，以及遭到强奸的受害者的保护女神。

摒弃情欲······

尽管这种基督教传说有其不确定性和夸张的成分，但是有关阿涅斯生前最后时日的故事却揭示了由初期基督教引起的集体情感的转变。这是因为阿涅斯拒绝了意味着男女之间爱情的"情欲"（éros），而这种情欲是被城邦允许并且能够促进繁衍的个人欲望。它首先完全是肉体层面的，与性爱相连。罗马人通过丘比特的形象来赞美情欲。在阿涅斯的故事中，她受到威胁而被赶到妓院的情节正是对这种性爱欲望的真正意义上的谴责，这时的情欲等同于一件物品，一种走向悲剧和暴力的交易手段。罗马教会的创始神父们认为，任何持久的事物都不能在肉体上驻留。更糟糕的是，经常光顾妓院不仅仅意味着空虚，也会腐蚀在那里纵情享乐的人。阿涅斯表现出的宁可受尽一切凌辱也绝不放弃贞洁和信仰的意志恰恰表现了对肉体躯壳的放弃。所有的叙事都阐明唯有灵魂能够到达上帝的高度，而肉体不能。但是，历史却超越了古希腊哲学家们可能会赞同的这个唯一的注解。

对阿涅斯来说，更重要的是进入一个共享的群体，在这个群体中，情感首先是集体性的。她拒绝留下任何一丝表明自己赞同帝国价值或古罗马皇帝的迹象。在原始的罗马教会内部，这种超越夫妻、家庭甚至国家的爱在《新约》中用"agapè"一词指称，该词来自古希腊语，指的是一种广泛的、甚至在有些哲人看来是普世的深情，从严格意义上来讲，它的意思是对上帝的爱。很快，这个词便用来指称一种实践行为，一种不受城邦和民族限制的信教形式：一种舍己为人、慷慨无私、爱他人胜过爱自我的做法。附加在这个词之上的是从捐赠到祈祷的一系列行为和仪式，以及或多或少包含在仪式典礼中的团体集会。因此，"agapè"一词通过一种聚会的形式成为人们记忆的一部分，这样的聚会形式通常又简化为聚餐之意：les agapes（在法语里指的是初期基督徒的友爱餐）。它与世俗宴饮的不同之处在于，它是一种粗茶淡饭的饮食，席间，信众们聚集在一起共同朗诵福音书。一些学者甚至认为这种实践活动是耶稣最后的晚餐的起源。如果我们相信《新约》的内容，那么基督本人就曾与他的十二使徒共享过这种形式的聚餐。但是，很快，基督徒的友爱餐便与真正意义上的礼拜仪式区分开了。

在公元3世纪和4世纪，当基督教各个教会遭受大迫害时，友爱餐的问题就变得次要了。基督徒首先必须抵抗强制性的改宗。特别是在3世纪中叶，主教们在对未来进行了一番考量之后明确了立场，决定捍卫一种不妥协的基督教。3世纪初，迦太基主教德尔图良（Tertullien）提出了这个观点，他认为信徒必须团结一致，直至殉道以拯救灵魂，而不应随便接受妥协。此观点还坚定地强调应该保持贞洁，并拒斥一切形式的轻浮的社会生活。由此，信徒们要求停止大型演出，而这类演出却是罗马生活中的强音。基督教家庭在对儿童的教育中传播了这种认识，并且遵循了高级教士的指令。尽管在303年发生了对朝拜场所的围剿和对经文典籍的焚毁，但是这些团体具备充足的秘密活动经验，足以逃脱宗教迫害，尽管仍有被检举告发的危险。在对阿涅斯结局的叙述中，集中了这一时期所有的紧张态势。阿涅斯拒绝说出她的爱的确切性质，因为这会暴露她的宗教信仰。因此，她被审问得狼狈不堪。她不愿在肉体关系的问题上让步，因为她相信身体的完整性并畏惧罪孽。在此处，由于可获知的信息非常不完整，我们无法得知是否正如德尔图良所言，阿涅斯认为罪恶不能弥补，罪行会导致她被宗教团体驱逐，最终受到下地狱的惩罚。我们亦无从得知她的信仰是否可以宽恕罪行。她的一切行为都表明了一种信仰上的彻底性。她的乳母姐妹亦如此。所以艾梅兰吉因到阿涅斯的墓地探望而暴露了自己的信仰并不令人感到惊讶，因为这块墓地本身就是给阿涅斯的教友们预留的。归根结底，各个宗教团体是不会把各自的教友在死后混葬的。

……以及慈善的胜利

根据传说，君士坦提乌斯一世的女儿君士坦提娅在得知阿涅斯的死亡和复活事迹以后，曾经希望亲临现场，看看这位圣女是否可以治好她的麻风病。通过祈祷，她的病痛得到了缓解，于是她在阿涅斯的墓地上派人修建了一座基督教堂。然而这个故事里有一个谬误，因为阿涅斯和君士坦提娅的生卒年月让这一事件在历史上没有存在的可能性。不管怎样，这个故事表明了叙事者渴望展示殉道者们坚定不移的意志征服了罗马的帝王，并且最终使基督教成了帝国的国教。准确来讲，这一政策正是在君士坦丁大帝统治时期确定的。然而，基督之爱的性质却依然很复杂。阿涅斯的贞洁为创建由贞女组成的女子修道会提供了合理依据，而这些贞女又无不令人想到古罗马供奉女灶神维斯塔的贞女们，阿涅斯曾经拒绝与她们为伍。她可谓早期女子修道制度兴起的源头，半个世纪以后，圣奥古斯丁成为这一制度的捍卫者。

　　圣奥古斯丁是在非洲行省长大的罗马公民，他来自一个基督教家庭，受母亲影响很深。他经历了阿涅斯时期宗教辩论的余波。诚然，在此期间，基督之爱的范畴发生了一定的变化，自此在教士生活中占据了核心地位，但是，这种爱仍然深刻地与一种观念结合在一起，那就是灵魂之爱比肉体之爱具有更高的价值。实际上，圣奥古斯丁在《忏悔录》中通过自己的童年往事提醒人们，在他所处的那个时代的信徒眼中，"爱"有几个主要的等级。他和东方的基督徒一样，揭示了情欲是一种对肉体的执念，是一种有关性和欲望的爱。与此同时，他赞美了友爱（filia），这是他与同龄人缔结的感情。他与他们进行长时间的讨论，并共同认可某种形式的灵性。这种友爱之情的乐趣非常丰厚，以至于青年们决定在社会团体中一同成长。尽管这是一种纯洁的感情，但奥古斯丁却说友爱并不能像上帝之爱一样满足灵魂的渴求，他讲到自己会继续与情妇们保持联系，即便有耽溺情欲的风险。不过，由于灵魂才是最重要的，所以他必须更加彻底地进行灵魂的提升。于是他决定投身宗教，选择过节制的生活。面对同时代出现的那些偏离规范的教义，他又重新对各个教理进行了更精确的划分，并以希坡主教的身份将其付诸实践。他不说"agapè"，却说"caritas"（慈善），后者是一个跨越公共范畴和私人空间的概念。慈善不仅仅是我们常常听到的对穷人的馈赠，它还具有一个更广泛的意义，即奉献自我，为信众服务。此外，它也包含了赞美精神生活和摆脱物质世界之意。

圣奥古斯丁的箴言通过他的文学作品流传至今。与此同时，罗马帝国也在不断消亡。中世纪天主教会热烈地回应了第一批基督徒的殉道，赞美这些殉道者把爱的理念当作一个政治团体的基础，并且褒扬他们在生活中做出的牺牲，认为这是之后的人们应当效仿的生存方式。同时，教会也成了书面法律理念的传播者，宣扬对国家的服从，服从本质上极具罗马帝国时期特点的等级制度。然而，正是这种帝国权威的压力曾经让基督徒血流成河，只因为基督徒拒绝遵守那些强制效忠国家的法令。在成为罗马国教并历经王朝更迭的过程中，天主教变得强大起来。高级教士们又转而谴责所有背离他们宗教教义的信徒，让一些不如基督之爱那样高尚的情感在人群中滋生，亦不惜严酷地打击那些脆弱的叛教之人，尽管后者还怀有真心实意的精神热忱。

第四章　纠缠

1348 年，黑死病

　　黑死病的出现让耶稣基督都闻之色变。1350 年之后，在锡耶纳，基督被解下十字架的主题绘画仿佛复制在了那些被遗弃甚至溃烂的尸体上，这些尸体在城中的各条街巷里堆摞了几周之久。黑死病——现代人这样命名它——让颜色反转，无论这只上帝之手是乔托的还是洛伦泽蒂①的，他们所描绘的蓝色调以及如黎明般泛紫色的大天使已不复存在，取而代之的是堆叠的棺木、被恶狼吞噬一半或被魔鬼紧握手中的垂死之人，"死神凯旋"的画作就此诞生了。当瘟疫在仅仅一个月内就夺走城中三分之一的人口的性命时，要怎样表现这场灾难呢？

　　降临人间的这场灾难既是真实的、正常的，又是难以想象的。在这个以肉搏生存的社会里，气候的反常、饥荒、传染病，

---

① 洛伦泽蒂（Lorenzetti, 1290—1348），意大利锡耶纳画派画家、壁画家。

都是人们已知的灾祸。它们反复发作，总在人群中掀起同样的情感——嫉妒与仇恨。的确，自 14 世纪初起，冬季变得更加寒冷，夏季的洪水也更加频繁地毁坏庄稼的收割，并且，在 1315 年至 1317 年间，饥荒和痢疾将图卢兹和伊普尔①十分之一的居民送入了坟墓，这一死亡数据是 2003 年由高温酷暑天气引起的超高死亡率的二十倍。然而在当时，没有人提及"灾难"二字。根据编年史学家弗鲁瓦萨尔（Froissart）所言，那时的法国是"一个像鸡蛋一样完整的世界"，在法兰西岛上，每平方千米有一百二十个居民，而这一数字只有在五个世纪之后才又复现。人口的锐减引发了习惯性的赎罪热情。人们通过金钱资助来组织宗教仪式和弥撒活动，却不考虑低价出售谷物；人们表现出与唯利是图者抗争的坚定决心，必要的时候不惜施用绞刑，就像对昂哥朗·马里尼（Enguerrand de Marigny）所做的那样，后者是法王美男子腓力四世的财政大臣，被认为从圣殿骑士团的宝库中发了横财。人们尤其操心社会秩序的维持，却任由教士在阿基坦大区和诺曼底大区屠杀犹太人，在普瓦图、皮卡第和佛兰德地区屠杀麻风病人。虽然人民开始窃窃私语，并将愤怒指向那些疑为生活在罪恶中的人群，但是权力当局却认为屠杀行为属于"合理复仇"，符合《圣经·诗篇》的教导。关键问题是要镇压因饥荒而

①　伊普尔（Ypres）是位于比利时西佛兰德省的一座城市。

导致的针对庄稼收割人和葡萄种植者的骚乱。这样一来，圣丹尼修道院的酒窖里就可以一直维持着二十五万升的红酒储备。

四个月，一亿一千五百万人死去

1348 年春，尽管百年战争仍在继续，加来地区也被英军攻陷，但是，厄运似乎被降服了。一大桶啤酒容量（约合五十升）的小麦的价格并不比二十年前瓦卢瓦王朝腓力六世登基时更贵。就在这个时候，瘟疫突然暴发了，鉴于 1347 年至 1351 年传染病侵袭城市和乡村时异常迅猛的架势，使用"暴发"一词是十分贴切的。1347 年 11 月，瘟疫随着一艘从克里米亚半岛驶来的热那亚商船在马赛港登陆，12 月抵达普罗旺斯地区艾克斯（Aix-en-Provence），然后于次年 1 月进入阿维尼翁，2 月传到蒙彼利埃。春天的时候，从波尔多到里昂，从日内瓦到根特，都出现了疫情警报，仿佛瘟疫沿河而上，比居民逃跑的速度还要快。1350 年，瘟疫攻克了全欧洲，包括格陵兰和苏格兰，以至于瑞典国王马格努斯·埃里克松（Magnus Eriksson）预言欧洲人种即将灭亡："由于人类罪孽深重，上帝判处所有人即刻猝死。"黑死病是闭着眼睛射箭的死神。早上还神气活现的人，两天之后可能就命丧黄泉。这场灾难中的遇难者并不是那些日常不幸事件袭击的目标人群。没有敌友之分，没有对富人、教士和农民的区别对待。不仅如此，到处都是腐烂的尸体，他们被堆在一起，像是在跳一种诡异的中世纪骷髅舞。实际上，1348 年夏天，在伦敦和威尼斯，每三分钟就有一人下葬。在当前欧盟的版图中，这一数字也是令人瞠目结舌的：四个月，一亿一千五百万人死去，其中二千三百万是法国人。

从情理上，人们拒绝把传染病的源头简单地归结为那艘热那亚商船，这场大规模瘟疫的威力因此显得更为凶残。诚然，这艘船来自"黑暗之地"，远征的蒙古人据信居住在离黑暗地狱最近的地方。然而，匈奴王阿提拉的这些孙辈却与长达四个世纪之久的蛮族大入侵一道湮灭在人们模糊的记忆中。他们的名声远没有这一系列灾难事件在人们心中引起的恐慌更大、更广。由于没有"蛮族"可以怪罪，有些人便企图把罪行归咎于动物，他们一会儿指责在磨坊旁边疯狂繁衍的啮齿类动物，一会儿又控斥迁徙时极具破坏力的苍鹭，以及那些长毛野兽，甚至是蟾蜍，因为蟾蜍背部的圆斑点与病人肿起的淋巴结相似。不过，人们最常指责的动物是猪——它在人类的想象里是无所不为的牲畜——这种思维上的条件反射与当代人把 2009 年春天的传染病归结为"猪流感"类似。除了指认一个简单的罪魁祸首以外，并没有其他有力的证据。人们白费一番力气，黑死病却更加扑朔迷离，没有人对它有任何记忆（上一次瘟疫暴发是公元 767 年）。它以匿名的方式对人类施以打击，其源头在人们的脑海中无处找寻。由此出现了黑死病所引起的一种矛盾心理：一方面是观看的执着，在一些意大利绘画中可以很容易地找到那些抬起头颅、眼睛望向天空的人物；另一方面是人们对这个永不谢幕的死亡剧目的着魔，他们把鼻子捂住，却把眼睛瞪得滚圆。

死神账簿

由于无法找寻黑死病的源头，所有权力机构都因此感到恐惧，而清算的时刻来得又是如此迅速。食客和他们的食物是第一批受害者。一名食客的目光在邻座之人的舌头上捕捉到了颜色的变化，当它变成黑色的时候，就预示着感染已经发生。一位女宾客的双颊在一顿饭的时间里转成猩红色，恐惧再次来袭。在这种情况下，信奉快乐死亡的男男女女都一同叫嚷着"吃吧，喝吧，享乐吧，因为明天我们都将死去"，他们那享乐主义的信条被看作一种来自社会的挑衅力量，一种对法律和医学的责难，以及一种对宗教的羞辱。从 1347 年起，奥尔维耶托①明令禁止服丧期的聚餐和庆祝活动，六个月之后，又对各类小酒馆实施了禁令，理由是这些地方提供的葡萄酒让身体过于发烫，光顾酒馆的客人们吃喝时也都很不讲卫生。因为缺乏有效的办法，医生们开出的

---

① 奥尔维耶托（Orvieto），意大利翁布里亚大区西南部城市。

处方和饮食禁忌成倍增加，其唯一的结果是让人们对那些仍然流传在世的传奇偏方产生信心：在食物上撒一些被认为能够净化一切被感染或已腐化食品的香料（藏红花、茴香、没药），把醋当成有消毒功效的食品，只食用长时间煮熟的蔬菜。在短短几年的时间里，方济各会修士所履行的禁欲主义成了一种典范，所以尼古拉·德·里尔（Nicolas de Lyre）才会选择创作名为《埃及饥荒》（*La famine en Égypte*）的画作，而不再选择传统的《迦拿的婚礼》（*Noces de Cana*）。对吃喝享乐者的限制只不过是序曲，当务之急是要追捕凶手的同谋，抓住那些被称作鼠疫"饲养员"的人。犹太人、麻风病人、流浪汉、外国游客，他们的存在滋生了谣言：人们一会儿声称那些人在井水或河水中投毒，一会儿又认为他们在啤酒和葡萄酒中下药。从投毒到传播瘟疫这一步过渡得毫不迟疑。大屠杀就像一群跟在瘟神身后腾跃而起的乌鸦，一路北上：在土伦，1348 年 4 月 13 日，四十名犹太人被屠杀，其房屋被洗劫一空；在斯特拉斯堡，1349 年 2 月 14 日，尽管政府已经出台了相关禁令，但是住在城中的一千八百名犹太人中仍有一半被活活烧死。是怨恨而非嫉妒导致了杀人凶手们认定，犹太医生（数量众多，因为行医是他们被允许从事的少数行当之一）的无能是黑死病蔓延的罪魁祸首。当能力被认可时，这些医生尚可被容忍，而一旦能力出现差池，驱逐他们似乎就是再合理不过的事情了。

与此同时，比如在威尼斯，在西方统计的一万九千家麻风病院中，有一部分被改造成了接受鼠疫患者的检疫隔离所（"quarantaine"一词就是在这时被发明的）。因为，在各种疾病相互的激烈竞争中，黑色死神大获全胜。这种改建与其说是对麻风病人进一步的妖魔化，不如说是一种经济和治安上的调解：人们需要腾出一些地方来隔离受到感染的病患，然后自己闭门谢客。身体好的人躲在自家堡垒之内；在米兰和奥格斯堡，疑似病患被封闭在家，大门紧锁，吃饭时会有人用缆绳吊起篮子送至病人所在的楼层。其他所有人则被要求尽快离开，犹太人到自己族人的聚居区去，而外乡人——我们今天把他们称作外来务工者——和因战争或宗教迫害而逃跑的难民则被送往荒郊野外。屠夫和鞣革工人时常被迫陪同他们，理由是他们那令人倒胃口的职业会加速瘟疫的传染。

一场天灾

然而，这些隔离的闸门却对平息普遍性的精神恐惧无甚大用。星象学家、医生、索邦神学院和各修道院中的大人物们被法兰西国王责令编撰一则回顾性的预言故事，以解释灾难的成因。这场击垮了一代人的瘟疫是天灾，而当权者们的疏忽大意应当得到原谅。学者们激烈争执，以判断在 1348 年 8 月，是一颗华丽星体的爆炸，还是几个飘忽不定的散发臭气的星体的相聚，抑或是土星、木星、火星在水瓶星座上的会合，引发了瘟疫？他们的结论揭露了一种阴谋论，并戳中了每个人的心之所惧：答案不在于星体，而在于"天"。因此，对鼠疫切实的恐惧还伴随着对天降惩罚的恐惧。

更令人感到焦虑的是，教会似乎在最坏的时刻缺席了。大瘟疫造成了神父的大量死亡。这些神父尤其要负责管理临终圣事，保证垂死之人在平静中安息。由于缺少主持教士，很多堂区教堂连续八至十个月都没有正式的任职人员。除了由此而导致的被遗弃感以外，人们还感到了愤怒，因为他们看到数量较以往减少且又是匆忙培训而成的新上任的神父既是拙劣的神学家，又是差劲的拉丁语学者（这是法语得以扩张的原因之一）。要降低"死亡"（*ad patres*）的影响，不了，谢谢。英国的情况就更糟糕了，因为主教们允许女人来听忏悔……整个西方的基督徒再也不知道要把自己奉献给何方神圣。他们忘记了传统习俗中为鼠疫患者求情而被乱箭穿身的殉道者塞巴斯蒂安；至于在满身脓肿的状态下死里逃生的圣罗什，则因为他于 1327 年刚刚逝世，所以对他的朝拜还没有在民间广泛展开。从这些情况来看，一个世纪之前的托马斯·阿奎那（Thomas d'Aquin）所宣扬的那场出色的改革仿佛是一场思想的迸发，甚至是一种对教会机构弱点的承认：如果一种理性主义的神学都无法解释这般灾难的由来，那么在这样的神学中束缚自我还有什么意义呢?

　　不能为人治病的医生,不能养育人民的君王,被死神迅速剥夺生命的修道士:他们在面对眼中这场对无能者和堕落者的清洗时已然灰心丧气,于是直接呼唤上帝,呼唤他的儿子和圣母马利亚。由此,公元 1000 年以后,黑死病成了推动某种未知的狂热宗教情感的最坚实可靠的力量。摆脱自身罪孽,在生前找到个人救赎的道路,仍然是那时的人们缩短可怕的炼狱之路的最佳方法。对身体粗暴的处理改变了基督徒的期待。无论这种粗暴的处理是在现实中还是在戏剧舞台上,内心的暴力都已经被推向了极致。"痛苦与诱惑的时代/泪水、嫉妒与折磨的岁月/忧郁颓废与忍受地狱极苦的时代。"诗人厄斯塔什·德尚(Eustache Deschamps)这样写道。鞭挞派、共同生活兄弟会以及英国的罗拉德派,都参与表现了这种戏剧化的愤怒。总而言之,他们将各色奇闻逸事呈现在教堂前的广场上,一边围绕着建筑物转圈,一边用一根装饰着金属尖钉的鞭子抽打自己的后背,同时还高唱着圣歌。此种方法之所以能够保证成功,是因为他们中的一些人自称由此逃脱了猝死的命运,并且声称求得了一封来自基督的信,此信从天而降,且自带一份使用说明。1349 年 10 月,教皇克莱蒙四世没能成功地把他们开除教籍,而他们受到的崇拜也没有减弱。这是因为这些人从民众中来,他们对自身焦虑感的仪式化表现被认为是承担了整个基督教群体的焦虑感,继而再以驱除魔咒的方式驱出这种焦虑感。

当世俗权力和宗教权力都尽其所能地摆脱令人心烦的竞争对手时，人们心中被遗弃的感觉更加强烈了。成百个荒芜的村庄、废弃的田地、坍塌的农场、因缺少学徒而被遗忘的职业，所有这一切都是一种对世界的"灾难化"呈现。人们对死亡如影随形的感受，对崇高或凶残的戏剧场景的期待，都让他们拒绝承认时间的永恒性。为了在这个过于沉重的时代里保护自我，一些人拒绝了邻人，违背了法律，有时甚至摒弃了信仰。他们游戏人生的态度，对戏剧歌舞的喜好，以及暴发户们对服饰的追求似乎相应地增加了这个时代的不幸："可以这么说，法国人在他们父母的尸体上舞蹈。"这些人试图从一片让人如此恐惧又阴魂不散的土地上挣脱出来，他们的行为有什么可值得惊讶的呢？

第五章 极乐

1513 年 9 月 13 日，教皇利奥十世的盛宴

与眼睁睁地看着世界的秩序屈服于自己的欲望相比，还有更令人欢欣鼓舞的事情：让时间停滞。由此便可以打开通往或可永恒的天堂大门。不同于那种会让人害怕其终结因而顿失色彩的幸福感，极乐是一种不会留下任何苦味的情感。人们只要找到时间来品味这至高无上的快乐就好了。这正是罗马人在 1513 年 9 月 13 日准备做的事情。但是，表现这种不掺杂质的快乐的历史事件——一场盛宴，却似乎显得像个插曲故事，不足以匹配这样一种带有象征意义的情感的分量。当然，这场盛宴是献给两位家世煊赫的公民的：洛伦佐·德·美第奇（Laurent de Médicis）的第三个儿子朱利亚诺（Giuliano），以及洛伦佐·德·美第奇的孙子洛伦佐（Lorenzo），他们还分别是教皇利奥十世的第一个弟弟和第二个侄子。但是，佛罗伦萨昔日主人的这些后代既非雇佣军指挥官，亦非亲王太子，也不再富可敌国，他们为这座城市带

52

来的只有一些文人朝臣装腔作势的假正经罢了。

除此之外，他们的姓氏倒像黄金时代的一缕香气飘浮在空中。这个姓氏唤醒了人们对一个时代的记忆。那时的洛伦佐·德·美第奇曾带着一面由委罗基奥（Verrocchio）绘制的比武旗。在旗帜上，闪耀着被称为一场"复兴"的铭言："好时代回来了。"谁会比新教皇更能体现要维持一个永恒感官享乐的复兴时代的雄心壮志呢？从他在前一年的 4 月 11 日登上教皇宝座开始，利奥已经为这座城市"抛掷万金"：十二万杜卡托金币！在罗马人的记忆里，没有任何事能与那场典礼相提并论，单凭那七座"凯旋门"，就让它超越了不久前才举行的儒略二世加冕仪式在人们心中留下的记忆。贝诺佐·哥佐利（Benozzo Gozzoli）的名画《三王出行图》（*Cortège des Mages*）中的队列已经离开了阿诺河（Arno）河岸，来到了这座永恒之城。跟在这些向局势妥协的罗马贵族强盗之后入场的，是罗马教廷的二百名仆从、所有欧洲国家的大使和专制君主，还有佛罗伦萨的各大家族，比如璞琪（Pucci）、鲁切拉（Rucellai）、托尔纳布尼（Tornabuoni）和斯特罗齐（Strozzi）等家族，他们是美第奇家族以及罗马利益集团的死对头。这些人盛装游行，身披深红色天鹅绒和洁白丝绸，层层镀金的服饰仿佛奶油千层蛋糕。所有人都争先恐后地挥舞着金色的枪托、银色的锤子和彩色的旗帜。

4 月 11 日，罗马重新成为世界的中心，这是一种对长期的重建和奠基工作的认可。这一工作从马丁五世回归梵蒂冈开始，一直进行到共济会教皇儒略二世在位期间，并为圣彼得大教堂开展了浩浩荡荡的施工。在这座因考古挖掘和工程需要而被"开膛破肚"的城市里，教皇们试图恢复十个世纪以来已经消散的东西：城邦的统一和基督教的团结。

然而，罗马人期望从美第奇家族中得到的不仅仅是政治和建筑上的满足，否则，就等于认同了那些像马丁·路德一样宣扬忏悔和悔罪的僧侣：这位马丁·路德在他的罗马之行结束后只带回了一个引起公愤的纪念品——一幅驱除女教皇琼安厄运的还愿画，他认为在这幅画里找到了罗马城被玷污的证据。这就是利奥十世为何在 9 月 13 日这一天导演这场肚皮欢呼的原因。正是肚皮，这口人类的神奇锅炉，在被妥善安顿并尝尽欢愉之后，才会确保阳刚之气，确保繁殖力的旺盛、劳作的勤勉和社会的祥和。这是对古代的欢呼，至少是对一个梦想中的古代的喝彩。全世界最杰出的画家——他们被认为配得上在这里作画——刚刚将这梦想中的古代图景进行了再创作，呈现在台伯河西岸法尔内西纳别墅（villa Farnesina）的墙壁上，这座王室级别的别墅是为一位银行家建造的。拉斐尔和他的朋友们让奥林波斯山上的众神像小酒馆的老板一样在餐桌旁就座，周围环绕着从新世界的富饶乐土中种出的各式蔬菜，其中玉米、番茄和大南瓜都个头巨大，证明人们正生活在一个上帝赐予的应许之地，就像在这里，在罗马一样。

特效

　　卡比托利欧广场上矗立着六个高达五米的巨幅画作。画作的视觉效果非常成功，以至于瓦萨里①在测量时得出了三倍于它们的尺寸。在罗马的传奇历史中，巴尔达萨雷·佩鲁齐②曾经运用视觉陷阱的作画技巧画出了"既美丽又多样的房子、各式各样的阳台、别出心裁的门窗……他的发明如此不同寻常，人们甚至不能形容其千分之一"。

　　这座花哨建筑布满了廊柱，充斥着过度的装饰，应该类似于曼特尼亚③于二十年前所画的那幅《恺撒的胜利》(*Triomphe de César*) 中的场面，不仅是为了罗马人的庆典而建，也是为了宣传布道的演讲名篇而存在。因为，这场盛大演出是具有双重政治意义的：它既是为了歌颂这位对罗马人民饷以盛宴的仁慈教皇的"盛世之治"，又是为了将永恒的罗马——恺撒和圣彼得的后继者们的罗马——重新置于意大利和基督教世界的外交中心。彼时

---

① 乔尔乔·瓦萨里 (Giorgio Vasari, 1511—1574)，意大利文艺复兴时期的画家和建筑师。

② 巴尔达萨雷·佩鲁齐 (Baldassare Peruzzi, 1481—1536)，意大利文艺复兴时期的画家和建筑师。

③ 安德烈亚·曼特尼亚 (Andrea Mantegna，约 1431—1506)，意大利画家，他在透视法上做了很多尝试，以此创造出更宏大、更震撼的视觉效果。

的意大利暂时摆脱了法国的困扰，而彼时的基督教世界正在受到新苏丹塞利姆一世的威胁。

于是，在这个为载入史册所准备的场景中，权力的演出从早晨便开始了。卡皮托利山丘的枢机主教和大法官们已经做了很多事情，穷尽奢华：公民文书用烫金书写，并用同样的金属封印；各国大使被传唤来向教皇致敬；甚至连流放中的暴君们也被邀请赴宴了。所有这一切都是为了传达给这位独一无二的朱利亚诺，因为人们所驯服的正是美第奇家族的姓氏，是他们的昔日传奇，是他们在教皇宝座上的荣光，是他们控制整个佛罗伦萨的政治角色。

如同餐前小菜一般的外交活动结束之后，就开始进入正题了。布景改变了：祭台和礼拜物品退下；餐桌、演员、歌手和丑角们登场。在中心舞台上，两位特殊的美第奇家族成员被元老院议员和大使们包围着。在保守宫中就位的是基督教教会的显贵们，在元老宫中就座的是贵族和罗马的下级神职人员。至于民众，他们有权在等待残羹剩饭的时候观看演出。每一张餐桌上都有银色的餐具闪闪发光，这些餐具价值总计一万六千杜卡托金币。对待饭食休谈节俭：人们认为，餐盘越脏，餐食越好，服务越周到。此外，利奥十世已经明令禁止使用为教皇亚历山大六世所做的带有死人头颅和交叉胫骨的盘子，后者是令人厌恶的波吉亚（Borgia）家族的成员，曾经与法国人联盟。大家彼时在此不是为了追忆虚浮的餐桌享乐，也不是为了回忆意大利战争，而是为一个黄金时代拉开序幕。

为了让任何人都不会质疑此次盛宴是受到神明庇护的，每一位客人的面前都摆放着一块折叠精致的餐巾。餐巾一展开，就会从中飞出鸣啼的小鸟。在中世纪被理论化了的"生物链"中，夜莺和其他燕雀是伟大圣人们——安东尼、弗朗索瓦或克莱尔——的标志，也是由修士安杰利科（Beato Angelico）绘制的君主隐居地的象征。食用这些鸟类既表达了敬意，又享受了乐趣，而放飞它们的这一虔诚举动则是一种高贵优雅的象征，尤其也是对美好未来的允诺。

羽毛还是皮毛，两爪或是四爪

于是，一部带有同样数目上餐服务的十二幕大戏开始上演了。每一幕戏在原则上都是相似的，然而，在食物的大小、形状、烹饪的色泽、调料酱汁和惊喜效果上却又各不相同。首先，要表现出就餐者是意大利人，因而是举止精致之人，而非欧洲粗俗之人。双手洗净之后，客人们用果酱和甜品开胃：松子蛋糕，玛尔维萨葡萄酒饼干，以及一些与我们的现代甜点很不一样的小杏仁饼。说是杏仁饼，其实更像是用玫瑰水、茴香和香菜香精制成的小饼干。精细的石灰浆研磨和长时间的烘培在某种程度上提升了香料和过于平凡的水果在食物链中的等级地位。

对于排位的执着也体现在用餐的秩序上。家禽是餐桌上的国王，因为它们是在天与人之间充当中介的物种。将带羽毛的野味相赠当然是慷慨之举，但是，这并非是没有动机的行为：因为这里汇集了基督教教士和罗马贵族的精英代表，所以尽情享用数量最多的烤夜莺、烤鹌鹑、烤斑鸠和烤山鹬是他们的政治和社会义务。这些野味极其昂贵，被认为可以让一个人在富有且不操心庸俗的手工劳作的前提下变得聪慧。在这些带羽毛的猎物之后被端上来的是家禽饲养场里的显贵们：威风凛然的公鸡和母鸡，它们在沸水中被煮过，而后又四足挺立地被人竖起，披着一身鸡皮；裹着白色酱汁的肉鸡，这是教皇用餐的必备食物。在这个阶段，每个人都忘记了备受尊敬的锡耶纳的伯尔纳定[1]关于过度食用家禽之危险的谏言，后者认为这会带来贪食之罪并引人走向堕落。更何况，只要等待那些以各种形式烹饪的野鸡肉——烤的、清水煮的、做肉饼的和做成肉泥的——就能确认仁慈宽和的圣灵与己同在。

宾客们依据社会等级各自就位，接下来要做的就是让他们头晕目眩了。食物在种类和数量上自然可观，足以抵得上一本食谱的分量，在质量上也无可指摘。一只四角公山羊，同样带皮装在

---

[1] 锡耶纳的伯尔纳定（Bernardin de Sienne, 1380—1444），意大利神父，方济各会修士。

一个镀金的浅口盆中，堪称世间杰作。实际上，贵族的厨师们已经有很长一段时间不用公羊作为食材了，因为公羊的身上带有麝香的气味，并且营养成分也很一般。除了公羊以外，再也找不到更差劲的食材了，除非是四角公羊。它在神话动物世界中占据至高无上的地位，位于一切生物链的顶端，凤凰和蝾螈伴其左右，它的祖先被伊阿宋①及其同伴们所追随。宴会中人已不再是共同进餐的关系，而像是被纳入了一个行会团体，为了列席的三位美第奇家族成员，这个团体必须追忆他们的祖先与卡雷吉②的博学之士们共同进餐的时光。

这场盛宴继续在丰盛和高贵的基调中进行着。前者提升了餐食的价值，后者则是一种保持距离的作态，时而带有讽刺意味，时而又显得像行家里手，毕竟众人要表演一出好戏。所以，蘸着绿色酱汁的山羊让人想到阿玛耳忒亚——以奶哺育宙斯的母山羊，它就像在茉莉花花园里笔直挺立、爪中正抓着一只兔子的雄鹰。芥末酱调味的小牛肉之所以会被端上餐桌，是因为小牛肉是最昂贵的肉类，尽管它被认为只能配得上商人和法学家。这是罗马红衣主教对那些挤满宫殿的暴发户的一种讽刺。在卡比托利欧广场这个昙花一现的极乐之国里，被烤熟的云雀们凌空飞翔，肚

---

① 伊阿宋（Jason）是希腊神话中带领阿耳戈船英雄夺取金羊毛的英雄。

② 卡雷吉（Careggi）是佛罗伦萨的一个地区，科西莫·德·美第奇的弟弟洛伦佐在 1417 年购买了卡雷吉的乡村别墅，并由米开罗佐为科西莫进行扩建。

皮的无上快乐驱散了人们的无聊与纷争。

就像在所有这一类的餐宴中所见到的那样，尽管烟熏火燎、香气四溢，但是被食物与葡萄酒填饱的宾客们却开始感到不适。盛宴结束六小时之后，大多数人都忘记了它的礼仪性质以及教皇的在场。这种向另一极端的倾倒同时也是宗教历练的一部分，不仅启发了与禁欲和节制有关的训诫说教，同时也构成了一种"大松绑"的状态，以至于等级秩序、餐桌礼节、阶级优越性都被众人一并抛弃。观看演出的民众一边从中得到娱乐，一边却对它嗤之以鼻。于是，人们看到在卡比托利欧广场上飞翔的是一块块兔里脊肉、成群的山鹑和小山羊的臀肉。很快，广场上就撒满了残羹剩菜。不难猜到的是，不是所有的人都会扔掉它们，因为分享残食这一举动强调了仪式的终结和秩序的回归是通过食物的施舍而完成的。如果我们相信一位法国观众关于"为伟大的朱利亚诺·德·美第奇举办的盛宴"的见闻，以及一位意大利编年史学者萨努托（Sanuto）所记：这顿价值6000杜卡托金币的餐宴为罗马人民提供了足足一周的伙食。不仅如此，它还提供了充足的能量储备，用以在日后为那些面对罗马帝国的陨灭而深陷悔恨的人疗愈伤痛。

第六章　同情

1585 年 7 月 18 日，《内穆尔敕令》的批准

　　谁见过哪位法国国王在签署和平条约时喉咙下架着一把利刃？1585 年 7 月 18 日，亨利三世在巴黎议会主持了《内穆尔敕令》的签署仪式。换言之，这一举动标志着他在天主教派极端分子面前的大溃败。不过，他至少捡回了一条命。四个月以来，他眼看着自己的王国被巴黎以及皮卡第地区的神圣同盟的大浪卷走，由于没有资金，没有士兵，也没有效忠的外省，他感觉"就像眼睁睁看着自己被淹死的溺水者"。这份敕令的签署确认了一位法国国王五十年来最惨痛的失败。这同时也是百年战争中向英国作出让步的耻辱——《特鲁瓦条约》签定以来最惨痛的失败。他不得不撕毁他摄政期间唯一的政治功绩，即那份著名的绥靖敕令（指《普瓦捷敕令》）。从 1577 年以来，这份敕令至少让天主教徒和新教徒都以戒备的姿态怒目相视。

　　亨利三世在他的演讲中首先赞扬了他的母亲凯瑟琳·德·美

第奇给他提供的宝贵谏言。此举显示了他卓尔不凡的"自控力"，因为，正是这些谏言加速了他的毁灭。然后，他似乎心血来潮，脱口而出："我很确信我从苦难、压迫和咒骂中感受到了痛苦和极致的怜悯，这些苦难、压迫和咒骂是那些无辜者，即我可怜的臣民，在我的王国动乱期间一直默默承受的……这些苦痛沉重地压在我的身上，它们是触动我的宽容之心和悲悯之心的唯一诱因。"更令人惊奇的是，一位在场者——律师洛朗·布歇尔（Laurent Bouchel）在他的日记中写道："演讲到此处，国王已热泪盈眶。"这让我们想到萧沆（Cioran）的一句可怕的描述："眼泪，是情感世界中检验真理的标准。"

这一令人惊愕的场面在历史上没有任何精确的描述和记录，除了雅克·德·图（Jacques de Thou）在他的《通史》（*Histoire universelle*）中写下的一句简短的评论："有失体统。"国王演讲的文稿从未被影印过，只有两份手稿——或许是国王演讲的草稿和在场者的笔记——被国家图书馆保存了下来。随着谣言四起，这一情节被认为是瓦卢瓦王朝无限近黄昏的写照。为了更贴切地描述这一时刻的情感氛围，需要回顾一下由曼特尼亚于一百三十年前为帕多瓦（Padoue）城的奥维泰里小礼拜堂（Chapelle Ovetari）所绘的壁画。结实健壮的男人们如雕像般岿然不动，紧身上衣的束缚凸显了他们精瘦的腰身。他们用轻蔑的眼神左顾右盼，时刻准备拔剑出鞘，仿佛亨利三世的"四十五卫士"①。虽然表面上彰显着阳刚气概，但是这些西南部军事学校出身的天之骄子，这些以肉身来抵御威胁国王生命安全的刺客的勇士，却在他们的圣上被这如同灾难一般的敕令扼住喉咙的时候无能为力。我们可以想见他们是如何把目光从这个场面移开的，正如曼特尼亚笔下的士兵们面对殉道者圣雅克时那样假装视而不见。在他正对面站着的是刀疤亨利，即吉斯公爵。而在他的身后，名门望族的子弟和巴黎的资产阶级坐在第一排的包厢里，他们就像奥维泰里小礼拜堂壁画里的人物在阳台上俯身观望一样，成为一场政治大戏中专心致志又面露惊奇的看客。

但是，陷入黑暗的感觉却恰恰是亨利三世寻求的效果：为了他的人民得到救赎，他要化身为殉道者。他要像第一位基督徒圣彼得一样，在忏悔他自愿承担的罪与错时抛洒泪水。在教会内部分裂、撕扯的关头，法国国王想要进入的是基督教国家最高首领的角色。他需要以使徒彼得为榜样，后者在公鸡打鸣提醒他基督所预言的三次背弃之时任凭深藏在心底的泪水涌出，这些泪水是他得以赎罪的证据，而亨利在签署战败声明时领悟到，他唯一的脱身之计就是触动一种如圣人般的情感。

---

① 源自大仲马的同名小说《四十五卫士》(*Les Quarante-Cinq*)，这部小说于 1848 年发表，讲述亨利三世与安茹公爵之间的矛盾与斗争，国王招募了四十五名悍勇的加斯科尼人充当贴身卫士。

因为，他作为一国之君，现在被"上帝之党"打败了。《内穆尔敕令》不仅表明了宗教宽容时期的结束，还蔑视了信仰的自由及其担保人——国王。神圣同盟将这位最高首领戏称为"暴君"，而这位"暴君"要对铲除新教徒的计划承担责任，然而，敕令并不会平息神圣同盟那毁灭性的疯狂。亨利感到窒息。既然这份敕令凸显了一种与皇家威严和王室职能不相称的能力缺失，那么，他从此以后也就面临着被某个阵营刺杀的境地了。他没有做任何决定，敕令中的各项条款都把责任归咎在他的头上，可他甚至没有时间炮制一份可以挽回颜面的官方说辞。在这一盘棋局中，我们可以说国王已无路可退，他不能做出任何政治动作，只能在对手面前甘拜下风。一位威尼斯外交官完美地记录下了这个结局："他想要同异端分子作战，然而又对天主教徒心生妒意。他渴望胡格诺派的失败，却心怀畏惧。他畏惧天主教派的失败，却心怀渴望。"

　　既然人们的理性已经被内战所奴役，那么就需要用语言来重振人们对国王的信仰。在这冗长的演讲中，眼泪就是论据。另外还要避免掉入很多圈套。眼泪绝不可以被看成庸俗的哭泣，后者代表了对软弱的供认不讳，是法兰西的一国之君不能在政治场合表露出的悲伤之情。"眼泪的真理"设定了一种清晰的象征符号。但是，依据史学家格扎维埃·勒·佩松（Xavier Le Person）的观点，在16世纪，眼泪在政治上的使用既常见又带有固定含义，属于一种"佯装的文化，是对行为的戏剧化掌控"。正如在击剑中，击剑者从四分位到三分位的迈步必须在动作敏捷的同时遵守严苛的规则一样，政治舞台上的眼泪同样要服从修辞上的种种要求。这些要求主要被佛罗伦萨伟大的洛伦佐的亲信进行了形式化的建设，而后又在法兰西宫廷里盛行起来，而这种形式化的样板是在签署敕令的十年前由艾蒂安·杜·特龙谢（Étienne Du Tronchet）通过他的著作《演说》（*Discours*）建立的。既然政治的核心规则是诸如联盟计划中的秘密环节，那么眼泪有时是一种诱饵，有时是一种让对方暴露自我的圈套，有时又充当一种类似于"我们不能"（non possumus）式的最后一搏，释放时是痛苦的，在政治策略上却是富有活力的。

在这次操练中，亨利三世堪称大师。有例为证：事件发生的五天前，他与吉斯家族正式和解，其过程犹如一场外交芭蕾。在整个宫廷的注目下，在圣莫代福塞（Saint-Maur-des-Fossés）城堡的豪华大厅里，亨利三世"眼角含泪"地迎接了他的劲敌，拥抱时嘴角挂着微笑，反复地称"我的表兄弟"，并且用一种自我鞭笞的演出结束他这一番殷勤的示好："您从未冒犯过我……是您让我清醒，我要对您表示感谢。"国王佯装喜悦的表演与剑拔弩张——取字面意思——的现场氛围形成鲜明的对比，以至于连他的重臣亲信埃佩侬公爵（Duc d'Épernon）都毫不掩饰他在与吉斯家族和解问题上明显的不情愿。

7月18日，亨利三世在"上帝之党"的双头蛇面前上演了同样的戏码：他面对的是巴黎的神圣同盟军和他们的资产阶级代表，即贵族、宫廷和外省的神圣同盟军。这样的对峙场面说明国王彼时已经决定演讲，从理论上讲，他在御临法院（lit de justice）中的独自出席就足以使敕令的签署得到有效认可，因为只要他列席御临法院，就没有人有资格反对他的意志。他想要确定会面日期，并且通过流眼泪来强调他话语中的力量。在这一方面，他遵循了同时代的演说大家的指导："实际上，雄辩术的一切力量与完美表现都在于激情的流动。这一工具如同强兵劲旅，能使人们的意志发生转变和屈服，从而服务于演讲者的意图。"领袖的作用在于"将他的激情烙印在听众的心里"，因为"激情比论据更有力"。这种将情感运用于政治的做法令人钦佩：亨利三世要将他在客观环境中的弱势——敕令的签署——转化成未来的力量：一个通过语言使人陶醉，并敢于像圣人一样行动的统治者的复仇。

然而，他的行动却是徒劳一场。国王表现出的同情被人们识破了：一种表达同情的政治手段，它从人民的痛苦中汲取论据，通过过度演绎对臣民的怜悯之心来重建模范君主的形象。亨利三世没有打动他的听众，因为他没有让人信服他情感的真实性。这位君王无法从人们的"眼中挤出泪水"，既然他的臣民拒绝与他同泣，换言之，臣民无视了国王的"馈赠"，那么他就不能声称得到了听众的赞同。将同情心工具化，在人民眼里，这是软弱的表现，同时也加重了对国王罪责的指控。试图唤醒听众的怜悯之心是一场赌注，它不顾明显的事实，认为仅凭语言和泪水就能使人们与君主感同身受。那些嚣张地与国王比拼同情心以显示比这位"差劲国王"更优秀的基督徒的神圣同盟军，他们怎么可能去打破与亨利三世之间早已形成的疏离，甘愿真正地"与其共苦"呢？

国王与狂热天主教徒之间并没有发生情感的共通。由于缺乏表现同情心的合理性，亨利三世重新陷入了情感的空洞状态。又由于某种诡异的错位，反倒像是吉斯公爵彰显了王室的威严气势，凝聚了议会的期待与希望。面对这种失势，亨利的眼泪什么都没有改变，反而被视为一种计谋，并且，或许对很多人来说，它解释了被外省总督们含蓄地称之为一些人民"偏离正轨"的情况，这些人已经为责备国王做好准备，他们不再理解他的话语和他的行为。

实际上，国王传递的信息被美国哲学家哈里·G. 法兰克福（Harry G. Frankfurt）所说的"次等意志"干扰了。由于在重建权威和权威遭受质疑之间徘徊，国王让人们在一个起到情绪催化剂作用的仪式上感受到了他自身的重重疑虑。事情的结果与他的预期相反。7 月 18 日的耻辱对国王来说造成了一种三重认同缺失，他意识到他失去了在座诸君的厚爱，敕令的批准剥夺了他自身的一部分权利和义务——这是他获得自尊的条件。另外，敕令导致神圣同盟失去了对国王的尊重。从根本上讲，亨利三世以为他在战术上的温情主义会被视为一种真正的同情之心。但是，由于没有料想到实际的情况可能会使皇室的一切表现酿成听众的失望情绪，这位君主最终陷入了孤立无援的境地。

除了这个政治错误以外，还要加上这种外露的情感所产生的恶劣的效应：国王的演讲让人觉得像是在用外语朗诵一样。更糟糕的是，死亡的存在改变了国王眼泪的意义。我们已经提到，死亡是国王所惧怕的，但又是大量神圣同盟军所期待的。眼泪不再是一种为和解意愿所做的铺垫，事实上，对信仰上帝的极端分子来说，眼泪玷污了他们书写在白纸上的胜利。发生的这一切似乎是亨利三世渴望用哭泣来驱逐厄运，并通过与人们共同流泪来规避流血的冲突，然而终究事与愿违。

第七章　恐惧

1755 年 11 月 1 日，里斯本大地震

1755 年秋，葡萄牙国王若泽一世和他的廷臣们离开里斯本，前往位于首都西侧的贝伦区。国王平日依据心情和季节在他的各个宅邸之间出入，他的一个女儿当时希望出城散心，为什么不满足她的愿望呢？当时的天气相对温和，大都城正在准备各种宗教庆典，尤其是特别受家庭欢迎的万圣节。城中一派富饶景象。巴西的奇珍异宝，特别是宝石和黄金，已到达城中，它们是政府财富的保障。然而，小的城镇和村庄却相对贫穷，农村地区鲜有机会从殖民地的供给中获益。大量的贫困人口汇集到首都，希望能够因靠近权力所在地而获得好处。他们居住在建筑质量低劣的木房子里，这些房子共同组成了一个在欧洲被人景仰的美丽都城的郊区地带。城市规划的各项规章制度仍然十分简陋，而无序的公共交通网让房屋与房屋之间无法相隔足够的距离。再者，市中心的绝大部分建筑都是在中世纪以及进入现代之初修筑的。

除了周围集中了众多优雅宅邸的皇家宫殿以外，一些诸如大教堂之类的名胜古迹也为这座城市增添了光彩。位于北部的夏宫是接待尊贵宾客——尤其是外国客人——的场所。一些艺术和技术作品，比如由国王约翰五世于1731年主持建造的引水渠，让这座欧洲都城的面貌更加完整。城中汇集了超过二十五万人口。当时，在特茹河畔（Le Tage）发展起来的港口是经济活动的主要场所，众多商人居住在城中，其中罗萨里奥（Rosario）广场是经济和社会活动的中心。几十年来，英国批发商们在这里致富，他们稳固发展着农业原材料与手工加工产品之间的交换，几乎成了这项贸易的始祖。因此，上百个长期定居并隶属国王的家庭与这些过往的英国水手组成了一个生机勃勃的社群。法国人也在里斯本做生意，涉猎领域五花八门，比如书店、奢侈品、食品。此外，还有德国人（主要来自汉堡）、意大利人、荷兰人和瑞典人在里斯本定居，规模不相上下。

　　11月1日，星期六，正值万圣节，也是亡灵节的前一天，葡萄牙天主教的狂热体现在人们参加弥撒以及家庭团聚时所表现出的一种特殊的虔诚。星期六早些时候，教堂的大蜡烛就已经在不同的教区点燃，向死者致以敬意。烛火摇曳，彼时已近9时40分，人们感觉到了大地的第一波震动。就在前一刻，已经注意到一些动物的反常行为的行人正介于逃跑与静默之间。突然，大地的震动让男女老少都失去了平衡，建筑物，特别是没有经过特殊防护的石房子，开始摇撼。三次余震加剧了人们的不安，并引起了路面的塌方。

居民们因地震最初几秒的晃动而慌乱不安，他们跑向完全不同的方向。有些人朝着农田方向，希望可以躲避城市的崩塌。另一些人则认为陆地不再安全可靠，因而跑向港口和特茹河堤岸，想在那里找到可供逃亡的船只。大多数人惊讶地发现，海面正在凹陷，潮水正在退去。他们没有时间从惊诧中恢复；几秒之后，一个高达五米至十米的巨浪倾泻在河岸上，拍打着城市的低洼部分。巨浪所及之处片甲不留，它摧毁了负隅抵抗的堤岸，一直深入陆地达二百五十米远。

情势异常危急。那些没有被巨浪卷走的人方寸大乱，不知该往哪里逃，第二个稍弱些的海浪依然紧跟着第二波余震出现，进一步制造了混乱。与此同时，街道被坍塌的房屋切断。死伤者渐渐增多，求救的呼喊一声高过一声，场面空前混乱。

正在此时，第一波火灾爆发了。居民们更加惶惶不安，他们试图从废墟中拖出自己的亲人、邻居，或捡出值钱的财产和珍贵的物品。当然，里斯本不是一下子燃烧起来的，大火先侵入了住宅和那些点着蜡烛的教堂。第二天以及接下来的三天里，火势猛烈蔓延，甚至在七十多千米开外的地方也能望见火光。大火最终洗劫了未被地震和巨浪波及的地方。街道上尸体遍布，其中有很多被压在了宗教场所和大型石头建筑之下。

星期六的清晨，里斯本还有四十座主要教堂，灾难过后只剩下五座还屹立在原地。大教堂只残存了三堵边角的墙体，穹顶已化为灰烬。教堂在地面上的布局消失在废墟中。周围的街道已是一派房屋倾颓的景象。圣保罗大教堂只残存了面向天空的三面平行内壁。圣洛克教堂也未能幸免。各个修道院损失惨重，六十五个修会只剩下十一个。在这个时代的耻辱和灾难中，隐居数十年的修女们又重新回到红尘中，漫无目的、无休无止地在街头流浪，任凭恶棍流氓摆布。

在成千上万死者旁边的是数量极多的伤者，他们对就地治疗不抱有丝毫指望。当时，政府当局估计的遇难人数为六万，大概是迫于家属和伤者的压力，政府将数字减少到了一万人，要为这一万人进行哀悼。恐惧笼罩着幸存者们，他们不再知道要向哪位圣人寻求庇佑：11 月 1 日的万圣节不是为所有圣人举行的庆祝节日吗？

社会的上层也没有躲过这不断滋长的恐惧。皇家宫殿和贵族的三十三座私人府邸均遭受重创。一条条美丽的漫步大道被残砖碎瓦堵塞，彼时人们尚能依稀辨别出它们的模样。国王和廷臣几乎立即得知了灾难的发生。他们在贝伦区感觉到了第二次地震的来袭。一种非常强烈的恐惧侵袭了若泽一世，他不愿再回城，遂命人为宫廷建造了一些临时安置点，其中包括一个用帆布搭成的奢华的庇护所，由于一种在灾难中产生的幽闭恐惧症，他在这个庇护所度过了此后余生的大部分时光。贵妇们不敢接近距离震中方圆五千米以内的地带，她们随那些声名显赫的家族待在城市边缘，并搭建起一些临时营地；王子们在夏宫的花园里支起了帐篷；批发商以及与皇室走得很近的政府官员亦在其周围寻求庇护。从此，所有的恩惠都旨在保障维持生存的条件。在这些简陋的临时营地里，恐惧勉强得到缓解。至少还有卫队保障着他们的安全。

对普通百姓来说，其他帐篷在城市边缘纷纷搭建起来之前，他们只能在露天过夜。里斯本的大部分居民都已撤离，他们从周边的农田遥望着城市，沮丧地意识到城中将近85％的住宅都被破坏了。城市中心和特茹河畔的一些街区几乎被夷为平地。

流氓和劫匪利用人们的恐惧情绪，在地震刚刚发生几个小时之后，急忙冲向废墟。他们没有任何确切的计划，只顾强行夺走各种贵重物品，在天灾之上又叠加了暴力，这让悲惨的幸存者们更加混乱。然而，如果说恐惧的情绪没有上升为全民大恐慌，且最终被人们所克服，这是因为权力当局并没有完全乱了阵脚。

一位精力充沛的部长

在政府看来，情势十分严峻。大多数负责人都跟随国王若泽一世和王后玛丽-安娜（Marie-Anne）离开了首都，他们的君主一样不知所措。但是，外交与战争部部长塞巴斯蒂安·若泽·德·卡尔瓦略·伊·麦罗（Sebastião José de Carvalho e Melo），也就是未来的彭巴尔侯爵（marquis de Pombal），却迅速采取了应对灾难的措施。他或许曾这样说："现在我们该做什么？埋葬死者，照看生者。"他重新集结军队，与仆从们一道为最紧急的状况做好准备。他意识到一种集体性的悲伤，于是把符合广泛利益的决策与实地行动结合起来。他的策略遵循两个主要原则：维持秩序；避免恶劣的卫生条件酿成的悲剧，比如瘟疫或大饥荒。因为囤积食物的商店也遭受了大地震的破坏，所以需要通过向其他地区求助来确保食物的补给。此外，一些邻近的村镇也受到了影响，同样需要救援。

1755 年 11 月初，里斯本政府的行动体现了一个关心公民福祉的国家的首要逻辑，它的方法是采纳标准规范以限制危险的发生。卡尔瓦略·伊·麦罗将作为最伟大的国家元首之一被载入葡萄牙史册，他相当于讲葡萄牙语的黎塞留或马扎然（Mazarin）。在一周的时间里，他坚持不懈地投入工作。为方便起见，他居住在自己的四轮马车里，通过他的仆从向所有管理部门传达指令。尽管道路上障碍重重，他仍然亲自进城，在紧急时刻进行安抚和调停。据一些在场者描述，他的衣衫被弄脏，长袜被磨破。他的首要想法是尽可能迅速地清理尸体，以避免暴发瘟疫。得到若泽一世的首肯后，他下令严厉镇压偷盗行径。士兵们用了两天的时间使这个临时的命令得以奏效。大约三十场针对偷盗犯的公开行刑在城市的不同街区进行，为权威的回归做了最广泛的公共宣传。

然而，在大地震发生之后的三天，恐惧仍令民众不安，许多外国人纷纷寻找离开里斯本的方式，至少是暂时离开，即使会面临丢失财产的风险。他们给整个欧洲带去了关于这场灾难最早的描述。

消息在葡萄牙以外的国家迅速传开了。一个月的时间里，整个欧洲都得知了这场悲剧。它在遥远的地方已然激发了另一种形式的恐惧。若不是得到了一位思想巨人的指引，又怎能更好地理解这种恐惧的情感呢？关于数千千米以外的里斯本灾难的描述深深地撼动了这位思想界巨擘的内心。德国诗人歌德在其回忆录里清晰地写道："正是因为这个极不平凡的、影响世界的重要事件，当年幼小的我宁静的心灵第一次受到了翻天覆地的冲击。1755 年 11 月 1 日里斯本发生的大地震，在我们这个习惯了和平与安宁的世界里广泛地播撒了一种难以言表的恐惧。一个大气磅礴、美轮美奂的宜居都城，一个兼容商业和港口的城市，毫无防备地遭受种种灾难最无情的鞭笞。大地摇撼震动，海水勃然大怒。航船剧烈地相互碰撞，房屋坍塌，教堂和钟楼倾覆，一部分皇家宫殿被海水吞噬，龟裂的大地仿佛在吐火，因为，每个地方都有火焰和浓烟在喷发。六万人，他们前一刻还在愉快而安详地生活，转眼却通通走向死亡，归根结底，正是那些不再能感受和思考的人才会自认为是最幸福的。火灾持续地释放怒火，与此同时又冒出了一大批通常看不到、但被这场灾难重新赋予自由的罪犯。悲惨的幸存者们被毫无防备地送到了偷盗、谋杀和一切暴虐的沉渊，大自然就是如此这般展现了自己毫无节制的嚣张气焰。"

年少的歌德没有避开那些在里斯本大灾难中受到惊吓的成年人之间的讨论。这种冰冷的感觉促使不止一位哲学家在一个如启蒙运动一样快速传遍欧洲的新闻中去寻找论据，甚至去寻找思考的源泉。实际上，在那个时代，大量知识分子的涌现与外交的发展加速了信息的流通。信鸽、邮政驿站和轮船缩小了时空的距离。如果说在诗歌《里斯本的灾难》（*Le désastre de Lisbonne*）中，伏尔泰因嘲笑莱布尼茨和蒲柏而引发了一场论战，究其原因就在于他面对灾情时感到的悲痛之情。他不能忍受那些人在灾难中看到的是神的意旨以及自然的秩序。面对那些得知老弱妇孺大量死亡却仍然试图赞美生之幸福的哲学家时，伏尔泰不吝发出嘘声。卢梭在 1756 年 8 月给伏尔泰的回信中，说到要寻找一种让他重新振作起来的哲学时也不乏同样的激动之情。

集体的恐惧同样撼动了科学家，他们纷纷投入到对地震的密集思考中。他们的愿望是安抚统治者和人民，让其了解类似的地震造成破坏的概率会有多大。在这样的基础之上，地震学在法国、英国和意大利兴起。从此，学者们力图在时事新闻中对各种灾难事件进行阐释，以便标记一个大致的地图，并确定预防等级。

民众和学者的恐惧促使各国统治者也对葡萄牙表达了他们自己的情感。在《百科全书》中，狄德罗在一篇关于里斯本大地震的文章中详细写道："诸列强以书信的形式向国王陛下表达了对这一事件的悲痛之情。英国国王因贸易利益而与葡国有着更为亲密的友谊，为了缓解不幸者的悲痛，他向葡国运送了装满黄金与粮食的军舰，该舰于1756年1月初抵达特茹河岸，种种利益实惠又重新交予葡国国王手中。"于是，一种国家间的同情心萌生，影响了外交场上的得失。英国君王通过向若泽一世给予直接援助，重新启动了宝贵的海上联盟，而就在刚刚过去的6月，他却再次开始了与法国的战争。所以说，英王的施恩有着精心算计的分寸，正如他向破产的英国商人给予援助的目的在于重振里斯本的英国殖民地经济。法国国王没有采取任何类似的举措，路易十五因而错过了一个以慷慨之心彰显其伟大的机会。他更愿意诉诸武力来获得荣耀，然而，武力却会严重地加剧公共财政的负担。

在里斯本，短短几个星期之内，空前繁忙的活动便取代了恐惧的情绪。1756年年初，城中的交通开始恢复，障碍物和残砖碎瓦被清空。从此，卡尔瓦略·伊·麦罗因他的领导才干而获得认可，他加强并广泛实施高效管理的措施和公共交通网的规章制度，从而使首都可以抵御新的考验。他要求采用更安全的建筑方式，强制开凿更宽敞的道路，规定了房屋之间的最小距离。在技术措施方面，他做出了一些偏重心理层面的规定，尤其要避免鼠疫和传染病带来的恐慌在人群中蔓延，从而使幸存者不会逃离城市，而是协助掩埋死者、救助伤员。另外，他还要调遣军队来维持秩序，安抚民众。最后，国王应该"表明宗教情怀，平息神明的愤怒，感谢神明的恩惠"。在这个极度恐慌的时期，所有的预防措施都是值得采取的。对于未来的彭巴尔侯爵而言，只要付出虔诚之心，恐惧终会停止。

第八章 大恐慌

1789 年夏，法国

1789 年 7 月 18 日，卡昂城中的民众和资产阶级群情激昂。他们得知了攻占巴士底狱的消息，一颗颗发热的头脑都在思忖着要趁势在城中闹场革命。突然间，运动发起了。人群向城堡冲去，那么多热血的生命想要发动突击。在集体的影响之下，他们攻占了城堡，缴获了武器。在接下来的日子里，君主制度试图反击，任命了一位新总督——亨利·德·贝尔桑斯（Henri de Belsunce）子爵。很快，他的态度让这个诺曼底城市的居民们大失所望。他被形容成一名真正的反革命，人们把对贵族阶级日积月累的仇恨都聚积在他的身上。当新的一批民众于 1789 年 8 月 12 日集合起来的时候，贝尔桑斯毫无反击之力。他被闹事者抓住，而后在一种极为恐怖的狂欢中被杀死。他的尸体被撕成碎块，就像遭受了旧体制中最为阴森的酷刑，然后被放到一团欢乐的大火中炙烤。根据夏多布里昂——他如此渴望推翻革命的神话——几年之后在其

《回忆录》（*Mémoires*）中的记录，一个女人甚至可能吃掉了他的心脏。不幸的贝尔桑斯，他的头颅被钉在一根长矛的顶端，挂在卡昂修道院前示众，而修道院的女院长正是他的伯母。这场私刑的场面着实残忍，却非个例。1789 年夏，一场夹杂着暴力与惊悚的洪流席卷了整个法国，一股民众情绪迅速以"大恐慌"的名义载入了史册。

一切始于巴黎。1789 年 7 月 14 日早晨，城中的选民们派遣了一支代表团向巴士底狱的管理者德·罗奈（de Launay）先生索要火药和子弹，并要求撤回当时架在首都堡垒上的大炮。他们害怕两个多月以来向三级会议发起的反抗运动被镇压，就是在这次三级会议上，国王聚集了各大代表以增加新的税赋。代表团得到了友好接待。当代表们重新出发的时候，尽管口袋里空无弹药，但是，就大炮从堡垒上撤回一事来看，他们已经赢得了胜利。巴黎人民聚集在广场前，他们害怕这是一场阴谋，害怕躲在城墙背后的军队已荷枪实弹。反对君主制的煽动者们在集会上高谈阔论，街上的民众受到鼓舞，纷纷拿出勇气，投入了向皇家监狱发起的进攻。17 时许，堡垒方投降，巴士底狱被攻占，国王紧急撤走了巴黎的军队。暴动的消息迅速传遍全国。在法国外省，暴动之后是人们喜悦的骚动，以及各种难以解释的事件和逃亡。于是，1789 年 7 月 15 日，路易·约瑟夫·德·孔代①——下卢瓦尔省夏多布里昂市（Châteaubriant）的领主和封建大贵族，离开了法国。他选择逃亡德国。一到达科布伦茨，他便立即着手召集了一小群法国贵族，准备拿起武器抵抗革命。这些流亡贵族希望得到所有欧洲君主的支持。

在法国，不安的情绪正在上涨。农民和手工业者犹豫不决：应不应该担心对革命的暴力镇压？是否可能真正地消灭被统治的时代，并取缔一切人屈从于土地的奴役契约？不知从何处骑着白马乘风而至的信使在法国各处通报了最诡异的消息。在利穆赞（Limousin）地区，一位信使声称阿图瓦伯爵（le comte d'Artois）——即未来的查理十世——带着一支军队从波尔多北上，正准备进行大屠杀。实际上，这位亲王已经潜逃了。可是谁会相信呢？在东部，另一位能说会道之人信誓旦旦地说神圣罗马帝国的士兵和普鲁士人已经越入国境。在多菲内省，威胁来自萨瓦人，后者当时属于另一个国家。在西南部，西班牙人正在谋划他们阴险狡诈的入侵。当然，在拉芒什海峡，传言说英国人刚从海上登陆……人们的幻觉越来越强烈。所有的钟楼都敲响了警钟。女人和孩子逃离了城镇，躲到了森林、溪谷和岩洞里，那些手里只剩下长柄叉和长柄镰刀的男人去邻近的城市索要步枪、火

---

① 路易·约瑟夫·德·孔代（Louis-Joseph de Condé），第八世孔代亲王，法国大革命期间的流亡亲王，波旁公爵的独生子，于1740年父亲死后继承亲王头衔。

药和大炮，连军队的司令官都不敢拒绝他们的要求。现在，举国上下都已全副武装，伺机以待。

在夏多布里昂市，在这个被孔代亲王于1789年7月22日遗弃的小城中，有人声称五百名手持武器的男人正在周边地区扫荡。人们集合起来寻找罪犯，却一无所获，甚至连一个束手就擒的流浪汉也没找到。一个星期以后，在阿让奈（Agenais），谣言在不同的村庄传播，有些地方说长期出没于阿基坦地区的英国人回来了，另一些地方则称到来的是一支强盗土匪军团。一个又一个村庄发出了求救的信号，男人们手持长柄叉和镰刀在夜间巡逻，他们的心中充满了恐惧。脚步声、猎人的枪声，甚至有时一场雷雨的轰隆声，都令这些轻信的灵魂战栗，更令他们不安的是，这是有史以来第一次，传统的根基被动摇了。在香槟区，一群绵羊掀起的尘土都会让人误以为是一支大部队来了。贫困的乞讨僧侣被农民突袭，因为农民相信这些僧侣与大陆上的匪徒串通一气。后来，强盗和外国人都没有出现，在此情况下，人们的恐惧转为暴力。村民们冲向了城堡。

用烈火换取的自由

为什么人们会突然转向作为地方公共机构之一的历史档案中心呢？因为一些耕种的农民和农场主相信，如果他们烧毁了贵族们的羊皮纸文书，也就是那些"土地赋税簿"，那么他们就能消灭封建特权，也可以因此消灭那些加重村镇财产负担的新赋税。大量农民涌向了领主们的府邸、修道院，甚至是资产阶级和本堂神甫的住宅，想要烧毁卷宗。一些游手好闲之人和惯犯也掺杂在这场欢庆中。他们抢劫、放火、偷盗，时而折磨并杀害地主。一个地方出现了狂热暴躁的农民，那么当消息在远处传开的时候，这些农民便会被称作"强盗"。命运的讽刺之处就在于，它让暴动与恐惧在同一段历史的浪潮中汇聚。

在夏多布里昂市，人们没有找到那五百名强盗，继而把愤怒转嫁到了高昂的生活成本和粮食匮乏之上。城市共同体①从负责间接税的税务员手中夺走了金库：包括四袋银币和一袋黄金，这笔钱用于购买粮食并分配给居民，以平息他们的怒火。

法兰西王国的东部，包括阿尔萨斯、弗朗什-孔泰、勃艮第、里昂、多菲内和普罗旺斯，都发生了最为激烈的动乱。至少三分之一的城堡和修道院都在暴动中被摧毁。当然，各个城市也丝毫没能避免骚乱。在斯特拉斯堡，档案卷宗被扔进溪流，大量的房屋被劫掠。很快，同样的场面又在贝桑松出现，并波及了其余的地区，如鲁昂、瑟堡、莫伯日。阴暗的复仇戴着集体狂热的面具不断上演。三个男人在沙特尔被杀害，动机不明。克洛德·

---

① 城市共同体（Communauté de Ville），指法国的大城市与其郊区城镇联合组成的群体。

于泽（Claude Huez）——特鲁瓦的市长被杀害，圣丹尼的市长被斩首。这难道不是一场与贝尔桑斯在卡昂的遭遇相似的悲剧吗？在阿格德，主教被人从宫中抓出，由于受到红衣长袍的保护，他才勉强躲过死劫。所有权力的象征都可能成为暴乱的袭击目标，1789 年 7 月 23 日，在弗朗什-孔泰，索勒诺的盐场被暴民洗劫。

倘若煽动暴乱的因子不是恐慌，那么就是饥饿，或者至少是因为粮食匮乏将会毁灭家庭的担忧。因为在危机时期，小麦就像金钱一样是被藏起来的。彼时，政治革命之外又增加了人民的反抗，即农民起义。老百姓扫荡了粮仓和富人的私家宅邸，又摧毁了入市税征收处和公共金库。所有的常规权力机构都消失了；国王的代表人，如总督、大法官，都逃之夭夭或躲藏起来。在很多地区，军队加入了大革命的行列，不再服从自己的指挥官。

然而，城市里的大资产阶级和贵族很快组织了自卫队，试图重新控制局面。社会秩序逐渐在法国恢复，在一些省份，疏导秩序的途径是撰写新的、能够体现农民需求的陈情书。于是，集体情感相应地在文学表达上赢得了胜利，人民的暴动融入了大革命的政治运动，而这场大革命只不过才刚刚开始。

贵族的阴谋？

　　暂时的平静刚刚回归，关于暴动起源的问题便接踵而至。这些事件是如何发生的？谁提供了动力？为什么农民会陷入恐慌？尤其是，谁给了他们武器，谁领导他们并为他们指引方向？在将近一个半世纪的时间里，革命派和保皇党在这一问题上意见相左。对前者来说，暴动是在同一时间且几乎在各处突然爆发的，人们自愿组织起来，目的是威胁恐吓革命党人。而后者则在这一事件中看到了人民对贵族阶级实行清洗行动的第一步。

　　最终，1932 年，乔治·勒费弗尔（Georges Lefebvre）的关键著作——《1789 年大恐慌》（*La Grande Peur de 1789*）重新开启了大革命中这个朦胧黑暗时期的档案。实际上，大恐慌是由一系列接连发生的、令人恐惧的事件引起的，这些事件有五六个爆发源头，并且爆发的时间不超过三周。依据乔治·勒费弗尔的观点，人们突然开始担心一场"贵族的阴谋"，他们相信许多贵族团体正在这个饥荒时期招募男丁，以摧毁耕地，报复第三等级，这导致了焦虑情绪在人群中蔓延。这是以农业为主导的法国披上政治色彩的时刻，是法国大革命中农民激进化的进程。意识形态的发展因此与情感的历史交织在一起。

　　但是，在阅读这一著作时，一个疑问随之而来。正如这位著

85

名史学家所提出的，贵族阴谋的消息是从巴黎传遍全法国的，然而这并不完全符合那个时代的信息流通方式。信息的传播在当时比较缺乏连贯性，并且造反运动并不遵循通讯的常规路径。总而言之，谣言有时是滞后于骚乱的，有时又来得太早，况且阴谋论没有出现在那个时代的所有档案中。更糟糕的是，在有些地区，这个消息甚至在 1791 年才出现。如果说巴黎人非常害怕贵族实施的阴谋，那么同样对这一事件感到好奇的美国史学家蒂莫西·塔克特（Timothy Tackett）却认为，对贵族报复行为的担忧并不是导火索。阴谋论的谣言只在暴乱发生后起了作用，也就是在民众将怒火转向当地权力机构并且将掠夺行径合法化以后。

通过议员的口口相传，以及在村镇广场上宣读公告，攻占巴士底狱的消息几天之内传遍了整个法国。与三级会议带来的喜悦和希望同时出现的，还有人们面对传统崩塌时的慌乱和即时感受到的无政府状态的恐怖。这个消息吓跑了贵族和资产阶级，这些人本是皇家管理体系的地方支柱，他们的离开助长了人们的焦虑情绪。恐慌也渗入了边境地区，因为在外族入侵时，这些地方离危险很近。在弗朗什-孔泰，昆西城堡（château de Quincey）火药库的爆炸，尽管或许是意外事故，却引发了冲突。很多村镇误以为是袭击，故而变得惶恐不安。英国和德国的军队、雇佣兵和强盗，都在窥伺法国最薄弱的时机，意图进攻。然而，人民不愿手无寸铁、坐以待毙。他们武装起来，却没有任何风吹草动。对这个人人都胆量十足的时刻，空虚的状态导致了挫败感以及对行动的渴望。在这个背景之下，所有人都在寻找一种解释、一种合理化的辩词以及一只替罪羔羊，何乐而不为？

也正是在这个时候，贵族阴谋论占据了民众的头脑。它既是民众对地方精英积怨已久的产物，也是一种对巴黎起义消息的回应方式。在这些农村人的意识里，领主们是导致谣言的罪魁祸首，为了对这种背叛实行报复，农民们遂起而突袭城堡。"他们因为奋起直追却一无所获而感到震怒，他们的失望情绪很快转化成了怒火。"让-巴蒂斯特-莫伊兹·若利韦（Jean-Baptiste-Moïse Jollivet）——一位研究当代事件的历史学家兼公务员这样写道。所以，每一场地方上的暴动都有其自身的逻辑，包括民众对地方领主的仇恨，以及对邻近外国人（德国人、英国人和萨瓦人）的恐惧。在弗朗什-孔泰，起义部分地受到了内部斗争的影响，这些内部斗争将不同贵族集团对立起来，其中每一个集团都公开地谴责另一集团的重大罪责。因此，对于那些因饥荒和因对当地显贵的仇恨而造反的地区，以及那些因害怕外敌而产生的更为强烈的恐慌浪潮，我们应当有所区分。

震动全法的暴力事件在巴黎并非无人知晓，持续三周的暴动不是没有被察觉。制宪议会感到有义务对此进行回应。由众多贵族担当的议员们认为应该平息骚乱。8月4日夜里，他们决定通过投票废除特权。因此，议会为封建制度画上了句点，可以说在这之后，封建制度就仅剩一些残余了。

前一天，作为大革命支持者的艾吉永公爵（duc d'Aiguillon）向布列塔尼俱乐部——本省在三级会议及之后的制宪议会上的代表团体——提议废除领主特权。8月4日晚，这一提议由对于大革命满怀激情的诺阿耶子爵（vicomte de Noailles），即拉法耶特（Lafayette）的连襟呈交给了制宪议会。这些大人物的举动令人费解，他们要终结这个生养了自己的社会。他们中的每一个人在当时都希望为新的社会高楼增砖添瓦。取消什一税、无封号养老金、狩猎特权、领主审判权，反对军人抚恤金的滥用……其时已经凌晨3时。在一种让人泪流满面的集体性的狂热氛围中，巴黎总主教主动朗诵了一首感恩赞美诗，而热拉尔·德·拉利-托勒达勒（Gérard de Lally-Tollendal）——三级会议中的贵族代表，则向制宪议会请求褒奖"所有阶级、所有省份和所有公民的大团结"，同时宣布路易十六是"法兰西自由的复兴者"。回应他的是长达将近一刻钟的欢呼喝彩。对所有人来说，在这1789年8月5日纯洁无瑕的玫瑰色黎明中，法兰西的国土上将不会再有任何土地留给混乱，也不会再有个人留给忧虑和仇恨。他们认为，大革命至此结束了。一个新的世界刚刚诞生：在法律面前，人人生来就是并且始终是自由和平等的。至少，他们将在1789年8月26日通过《人权和公民权宣言》时写下这段话。

矛盾之处在于，废除特权并没有结束大革命，相反，这一举措使贵族的仇恨变得更加合理和强烈，反过来又导致大革命变得更加强硬。正如蒂莫西·塔克特所说，"正是大恐慌的后遗症——而不是之前对贵族阴谋的担忧——标志着1789年间民众对贵族态度的转变进入了决定性阶段"。

奇怪的是，1789年夏天的恐慌情绪倒成了对另一体制的测试。它让法国人民有史以来第一次面对生产方式集体管理的问题。马克思主义者可能会说，土地是他们不可剥夺的资产。很长一段时间里，民众都接受了土地是由最杰出之人及其后代控制的现实，而在打破传统体系之后，民众需要不断对财产以及财产持有者进行探讨。当时，税收还没有被看作将财产与再分配联系起来的解决方案，但是财产所有权应该保证留给尽可能多的人。封建契约的消失使得法律的更迭，尤其是财产所有权的法律更迭成为必然。此外，必须加入规范措施，以使土地的占有者不会被撵走，并且保证有朝一日他们可以反抗其既得权利。此番思考让立法者伤透了脑筋。他们必须同时安抚国家财产的获得者，也就是革命党人，因为这些爱国的革命党人已经把赴科布伦茨投奔阿图瓦伯爵的贵族们名下的动产和不动产据为己有。当波拿巴决定采纳这一新的社会平衡的奠基性文件——《民法典》的时候，已经考虑到了这两方面的限制。集体性恐慌这一非理智的情感并没有消失，当情感进入法律之后，它将保护最胆小怯懦的人。

第九章　激动

1830 年 2 月 25 日，《艾那尼》之战

2 月的一个午后，巴黎的天气寒冷刺骨。一群年轻人聚集在瓦卢瓦大街，站在法兰西剧院的侧门前，咬紧牙关。这一群人长发飘飘、奇装异服，着实引得路人侧目。不一会儿，从邻近的窗户里飞出了各种瓜皮果壳和垃圾，砸在他们的头顶和肩膀上，却无人抱怨。这个拥护维克多·雨果的小部队自各个艺术或建筑工作室、音乐课堂以及文学沙龙中迅速崛起，顽强抵抗着外界的挑衅。这支新奇的部队要来接替由古典主义殿堂支付薪水的吹捧者的阵营，而古典主义殿堂就是维克多·雨果想要在他第一部戏剧的首演中摆脱掉的，这部戏剧自几个月以来引起了人们的流言蜚语。每个人都收到了一张红色的票，其上记名以防止出现换票的情况，并且标记着 "Hierro" 字样，即西班牙语中的 "铁" 一词。诗人已在他的《东方诗集》(*Les Orientales*) 中使用了从雇佣兵们那里借来的口令：这支加泰罗尼亚民兵部队既没有盾牌也

没有盔甲，他们没有任何用以自卫的方法，除了进攻。

在戏剧开场前的几个小时，舞台的幕布是不会升起的。但法兰西喜剧院的院长却同意诗人邀请的客人们提前入场。观众们因莫里哀之家①死气沉沉的剧目而感到扫兴，为了缓和他们的不满，喜剧院院长曾经求助过维克多·雨果。现在进入剧场的有泰奥菲尔·戈蒂耶（Théophile Gautier）、热拉尔·德·内瓦尔（Gérard de Nerval）、亚历山大·仲马、佩特吕斯·博雷尔（Pétrus Borel）、埃克托·柏辽兹（Hector Berlioz）及圈内的其他朋友们。剧场大门紧闭，灯光熄灭。这些有先见之明的年轻人带来了巧克力和小面包，有些人甚至带来了香肠，打算在黑暗中即兴准备一顿丰富的菜肴。其中一个人开始引用在大师家的朗诵会上听到的剧目片段，另一位则就高乃伊和莎士比亚的优点比较发起了辩论。当对话题感到厌倦时，人们就开始唱歌，先是雨果的叙事诗，而后是艺术工作室里唱不完的香颂，再后来，动物的叫声变成了模仿的素材。时间过得很慢，太慢了，以至于有些人的膀胱选择在包厢里一解快慰。

四个小时后，枝形水晶灯慢慢地从屋顶降下，分隔舞台和大厅的扶手栏杆升起，观众们在一片混乱中找到了自己的座位。此

---

① 1680 年，莫里哀去世七年之后，路易十四合并了巴黎两大民间剧团组成法兰西喜剧院，成为"莫里哀之家"。

时的法兰西喜剧院里挤满了人：为了观看这场人们私下纷纷议论且可能是最后一次的首演，全巴黎都投入了一场狂热的抢票运动。从月初开始，雨果就被各种请求围堵。12 日，本杰明·康斯坦（Benjamin Constant），这位左翼自由反对派的领袖绝望地捎信给雨果，想要订一个包厢："或许这是一个冒失的请求。我更担心的是，或许这是一个迟到的请求。本杰明·康斯坦夫人和我，我们就像全体法国人民一样，强烈渴望观看《艾那尼》。"刚刚创立了《国民报》（Le National）的阿道夫·梯也尔（Adolphe Thiers），以及雷卡米埃夫人（madame Récamier）应该也动用了私人关系来获得被太多人觊觎的入场券。

在一种如暴风骤雨即将来临的氛围中，观众们听见了三下敲击声，帷幕慢慢地拉开了，露出了一间 16 世纪的卧室，里面的一位保姆正在窥伺着一扇秘密房门，连续的敲击声应该表明她的女主人的情人到了。

> "难道他来了？——是敲
> 暗梯的门。"①

---

① 原文："Serait-ce déjà lui ? -C'est bien à l'escalier/Dérobé."其中形容词 "dérobé"（意思是 "隐秘的"）被置于下一句台词的句首。

被转接下一句的形容词——"暗"——引燃了冲突。什么？
"狂欢竟从第一个词就开始了。"一位古典主义者讽刺道。对
此，他的邻座充满激情地回应："您难道没有看见'暗'这个
词，它的转接就像被悬置于韵句之外，它美妙地描绘了这段爱与
神秘并存的楼梯，在古堡的墙壁里深深地回旋！这是多么壮丽的
建筑风景啊！""嘘"声和"出去"打断了这位激情洋溢的点评
者。没多久，当艾那尼从吕·戈梅那里得知后者把他的女儿许配
给了查理五世时，剧本这样写道："愚蠢的老头，他爱她。"大
仲马在回忆时提到，一位院士有些耳背，把这句台词听成了：
"老不死的黑桃 A，他爱她！"于是，他忍不住叫嚷："啊，这一
次真是太过分了。"邻座的年轻人没有听到演员的回答就反问
他："什么地方太过分？""先生，我说的是，用老不死的黑桃 A
来称呼一位像吕·戈梅·德·席尔瓦一样可敬的老人，真是太过
分了！""怎么！这太过分了？""是的，你们说话随心所欲，这
样不好，特别是从艾那尼那样的年轻人口中说出这种话。""先
生，他有权这么说，扑克牌已经被发明了……早在查理六世时就
已发明了，院士先生！如果您不知道这一点，我来告诉您……
'老不死的黑桃 A'真是太棒了！"那些两天后被《法国公报》
（*Gazette de France*）称作"像癫痫病患者般表演"的演员就这
样被打断了一百五十次，也就是平均每十二句台词就被打断
一次。

面对审查者

之后的三十多场演出并没有让人们的热情减弱。某些晚上，观众们还动起了手，甚至在图卢兹制造了一起死亡事件：一位年轻人为了雨果的剧目而同人决斗，结果因此死亡。浪漫主义者心中的激动演变成了狂热，触怒了贬低这部戏剧的人。这些人开始反感在或大或小的文艺团体中形成的"文人间的情谊"，而正是这种情谊让文人们组成了一个新的流派。不过，《艾那尼》之战的主导者们更倾向于小心翼翼地表现对彼此的敬意。

10月5日，雨果首次向剧院的演员们朗诵他在8月29日至9月24日之间创作的二千一百六十六行韵句，一直持续到该剧目被终止的夏天。我们不难重新梳理这场"战役"的各个阶段。首先，按照查理十世统治时期的规定程序，审查部门收到了一个剧本的影印副本。10月23日，审查人员布里福（Brifaut）、谢龙（Chéron）、拉亚（Laya）和索沃（Sauvo）润色了他们的报告，这些人曾在前一年禁止上演剧目《玛丽蓉·黛罗美》（*Marion de Lorme*），理由是雨果在这部戏剧里把国王路易十三放在了一个不利的时代，然而，他们这次却准许了《艾那尼》的演出，这不是因为他们被剧本的大胆吸引了。事实上，《艾那尼》——又名《卡斯蒂利亚荣誉》——中的一切都气得他们汗毛竖起。但在当时，他们只希望指出"剧本理念的怪异之处及其付诸实践后的种种弊病"。布里福在报告中写道："对我来说，这部戏剧就像一块由荒唐怪诞的想法织成的布，作者竭力赋予它一种升华的品格，结果却是徒劳。这些想法常常不过是平庸无奇甚至粗俗不堪的。戏剧里充满了各种不得体。国王时常像强盗一样讲话，强盗像无赖一样对待国王。伟大的西班牙国王的女儿只不过是一个既无尊严又无羞耻的荡妇，等等。"但是，这些并不是禁止戏剧上演的理由，因为"尽管有如此多致命的缺陷，我们仍然认为，批准该剧的上演没有任何不妥，而且不对作品中的任何一字进行删改乃明智之举。是时候让观众们看一看，摆脱了一切规则和礼仪的人类灵魂将会堕落到何种地步"。

如此表达其宽广胸怀的查理·布里福是浪漫主义青年们的老熟人，正是他战胜了拉马丁入选法兰西学院，并因此于 1826 年惹来了热拉尔·德·内瓦尔在文学上对他的抨击。他可以是除朋友外的任何角色，然而也正是他给雨果的剧本放了行。但是，在内政部，美文社的主管却没有以同样的方式回应。帝国男爵特鲁韦（Trouvé）并不是中立的，这位木匠之子因聪明才智脱颖而出，他辉煌的事业很大程度上得益于波拿巴家族以及日后的拿破仑，他于 1814 年归顺了路易十八，他主持了于 1821 年创立的美文社（la Société des Bonnes Lettres），年轻的维克多·雨果曾在那里朗读了自己最早的作品。然而，克洛德·约瑟夫·特鲁韦却不能原谅诗人的疏远。他通过《艾那尼》，找到了折磨背叛者的方法。以下就是他起草的一份剧本改动清单：耶稣的名字应该进行系统化的删除；国王在任何地方都不能被当成叛徒、懦夫或疯子；至于第五百九十一行，"所以你认为，对我来说，国王们都是神圣的"，应该替换为"所以你认为，对我们来说，他代表神圣之名"。雨果在细节上做了让步，却在四处坚持不做修改，并因此当面顶撞了特鲁韦。当他再次从会面的地方走出来的时候，他获胜了。《艾那尼》的排练可以开始了。

对规则的侵犯

第一轮唇枪舌战是在复辟王朝的矛盾不断激化的背景下发生的，当时，那些在大革命时期流亡海外的贵族重返故土，执掌政权，他们坚定不移的目标就是"复兴"旧制度。面对这些遵循昔日风尚、头戴假发的长者，在执政府和拿破仑帝国时代成长起来的年轻一代渴望与之展开争论，正如其父辈曾为拿破仑所做的那样。大仲马和维克多·雨果都是帝国军官的儿子，热拉尔·德·内瓦尔的父亲则在儿子出生六个月后作为军医加入了莱茵河部队。在1808年至1815年出生的一代在摇篮里听着拿破仑的丰功伟绩长大，现在他们已经成年，开始对战争产生怀疑。他们在自己的圈子里激烈地质问是否要对过去保持忠诚，他们协议创立一种为新时代而生的新艺术。维克多·雨果的人生轨迹正是这种尚处在混乱期的意识的典型写照：起初，他赞同特鲁韦男爵对君主制的坚定信仰，后来却与之渐行渐远；他对死刑的存在感到愤怒，并为此创作了短篇小说《死囚末日记》（*Le dernier jour d'un condamné*），在小说中为查理十世治下愈发受限的言论自由而战。因为对拿破仑的崇拜与日俱增，他开始思考伟人们在历史中的位置。

根据研究 17 世纪与 18 世纪的法国文学专家克洛德·埃泰尔斯坦（Claude Eterstein）的表述，维克多·雨果——这位"断裂历史的人"——在他二十七岁的时候憧憬成为文学断裂的工匠。在原始时期的颂歌和古代的史诗之后，应该接续的是现代的戏剧。《艾那尼》的作者早在三年前就在《克伦威尔》（*Cromwell*）的前言中表明了他对浪漫主义戏剧的看法，虽然这部戏剧因其规模庞大而注定只能躺在图书馆的书架上。对雨果来说，作为完整的作品，一出戏剧汇集了悲剧与喜剧、崇高与怪诞、丑与美，以及人的伟大与脆弱。总之，它应该融合传统时代一直保持分离的东西。退场吧，那对古典主义戏剧而言必不可少的三一律！结束吧，诗句的至上统治！如果要在拉辛和莎士比亚之间抉择，雨果会选择《奥赛罗》的作者。如果他有志将他那"不高贵"的艺术升华至巅峰，他便不会拒绝通俗剧的技巧，不会拒绝其中的戏剧冲突、激烈场面、背景变换、省略手法和对大场面的偏好。正是以新文学的名义，以通过内容和形式来传达某种政治观点的方式，这支由泰奥菲尔·戈蒂耶后来命名的"浪漫主义部队"发起了战役。正如波拿巴在阿尔科莱桥（pont d'Arcole）上一样，雨果在首演之前，对那些蓄着长发的拥趸大声说："《艾那尼》之战，是思想之战，是进步之战，是一场共同的争斗，我们将要与这布满锯齿、故步自封的陈旧文学决战。"

雨果的反对者们的情绪也同样激烈。自从斯塔尔夫人（Madame de Staël）在 1800 年提出了文学与社会制度之间的基本关系之后，文学批评成为一种分辨细微差别的艺术，其目的是更好地指出对创作而言不可或缺的价值。斯塔尔夫人首次强调戏剧艺术的可期发展方向是贴近生活。19 世纪 20 年代末，批评界的辩论完全聚焦这一问题，原因尤其在于，即使法兰西喜剧院仍然是戏剧界的神圣殿堂，但是，在它所在的巴黎大道（即如今的几条著名大道）上却出现了越来越多的二流剧场，比如综艺剧院（Théâtre des Variétés）、圣马丁门（la Porte Saint-Martin）、体育剧院（le Gymnase）。在这些地方，短小喜剧以及对文艺作品的滑稽模仿，吸引了精英人士对一种吸引大众的讨喜方式进行学术辩论。

从 11 月起，或许是因为那些大胆回避了与雨果正面交锋的审查人员导致了观众的流失，记者们也借此契机发起了论战。有关该剧目的伪造复品开始流传，台词片段在各个沙龙里被朗诵。

雨果大发雷霆，却无济于事，特别是因为法国的演员们虽然起初双手赞成剧本台词，后来却因为担忧局势走向而对雨果百般刁难。扮演堂娜·莎尔（Doña Sol）的马尔斯小姐（Mademoiselle Mars）认为不只有一句台词需要重新斟酌，比如从"您是我英俊慷慨的雄狮"这句开始。尽管堂娜·莎尔以这样的口吻和艾那尼讲话，但让她——马尔斯小姐，法国人心中的大明星，对男演员菲尔曼（Firmin）说出"熊狮"这样的字眼，休想。雨果若威胁要把她换掉，她也绝对不会让步。首演当晚，从她的口中说出的，正是这句"您是我英俊慷慨的主人"。

需要指出的是，这位女演员已经做了很大的妥协，尤其是在"群像场景"一幕中。从她的角度来看，她应该摆弄陶瓷花瓶，"但是观众们一定会想：手捂着胸口的马尔斯小姐到底在那儿干什么呢？根本没必要给她一个角色，让她在那儿干站着，面纱蒙住眼睛，整整半幕戏都不说一句话！"对此，维克多·雨果这样回应："观众们会明白，不是在马尔斯小姐，而是在堂娜·莎尔的手心里，一颗心在跳动；他们会明白，不是在马尔斯小姐，而是在堂娜·莎尔的面纱下，艾那尼的情人在她的心中积聚了一场狂风骤雨，随着这句从女仆口中向主人抛出的不太恭敬的话语而最终爆发：'堂·卡洛斯国王，您是一位差劲的国王！……'女士，请相信我，这对观众来说就已经足够了。"与往日不同的是，这一次维克多·雨果会亲自指导戏剧和演员，他每日都穿过塞纳河，趿拉着拖鞋去排练，以避免由于路面结冰而导致的交通事故。

"像艾那尼一样可怕"

五个月的论战最终走向了另一种从舞台转移到剧场的情感宣泄。三分之一的观众所代入的对象不再是流放者艾那尼，也不再是堂娜·莎尔——艾那尼的情人、国王堂·卡洛斯的觊觎对象以及公爵吕·戈梅老爷婚姻计划中的棋子——而确确实实变成了作者本人，他像当年同样年纪的拿破仑在意大利征战一样率领着自己的军队。如果以票房来评判戏剧的成功与否，那么这部剧目可谓大获成功，因为它的收入是前一晚上演的《费德尔》（*Phèdre*）的票房的十多倍。因此，法兰西喜剧院的院长让雨果重新召回他的捧场者们。等到第二场，有六百名大学生回应了他的号召。不过到了第四场演出，受邀者和付费观众的比例发生了反转。

在城里，蔑视这部剧的人穷尽了最犀利的词语："像艾那尼那样荒谬、可怕、愚蠢、虚假、浮夸、做作、怪诞、不知所云。"他们想把胸中发泄不完的怒气倾倒出来。《地球报》（*Le Globe*）与《白旗报》（*Le Drapeau Blanc*）相继发动攻势；《费加罗报》评论道："在《艾那尼》中，有一些低级的东西。"以《国民报》为首的自由派报纸同样言辞充满挑衅，猛烈抨击浪漫主义企图建立一种"大众的精英艺术"的计划。阿尔芒·卡雷尔（Armand Carrel）在首演之后的几周内，写了至少四篇文章。他时而挖苦，时而虚情假意地讲道理，然后又不可抑制地暴跳如雷："那些年轻人几乎不了解我们时下的生活，却想要让我们看看三个世纪以前人们是怎样轻视谋杀罪的；他们的朋友，和他们一样无知，却在看到舞台上有人做鬼脸、大喊大叫、满地打滚、垂死挣扎、濒临崩溃、就地躺尸的时候，信誓旦旦地对我们说：'这就是人性，美好的人性，现场捕捉到的人性。请你们将这人性看得仔细点吧，看看这人性中真正可怕的地方。'"当然，每一个反对的论据后都跟着一句致敬，但是，在这不遗余力做出的表面的客观中，流露出了对作品本身、对令人厌恶的作者、对浪漫主义的"宣传"行动日积月累的全部愤怒，这个"宣传"行动目前正在赢得的不仅是一场战役的胜利，更是古今之战的胜利。

　　如果没有周边剧场对雨果这部戏剧中大量片段的不断重复和争相歪曲，那么《艾那尼》之战还会成为那个世纪最大的文学论战吗？可以说最初的回音效应起到了推波助澜的作用。12月24日，一出在杂耍剧院（Vaudeville）上演的巴黎时事讽刺剧里充满了以《艾那尼》为灵感的短幕喜剧桥段。如果不算抨击小册子的话，从3月12日起，严格来讲，总共有七部滑稽模仿剧上演：3月12日，《N, i, Ni, 或卡斯蒂利亚人的危险》（*N, i, Ni ou le Danger des castilles*）在圣马丁门剧院首演；《噢！戈那尼或致命的芦笛》（*Oh！Qu'nenni ou le Mirliton fatal*）在快活剧院（la Gaîté）上演；一周之后，《阿尔那利或号角的约束》（*Harnali ou la Contrainte par cor*）与之呼应；接着，在综艺剧院上演的《艾那尼》——这个光秃秃的名字说明了原标题《西班牙的新疯狂或哥特人的入侵》（*Les Nouvelles Folies d'Espagne ou l'invasion des Goths*）未通过审查——引起了观众的兴趣。这样的情况一直持续到了 1830 年 6 月。戏剧作者们力求在标题上制造出一语双关的效果，这有力地证明了 "Goth"① 作品在当时的广泛流传：这些围绕雨果的姓氏（Hugo）展开的文字游戏迅速出现，比如 "hugomathias" "gothique"，等等。于是，在综艺剧院上演的这出戏剧中，当女主人公听到年长的女管家说 "他没来，艾那尼这无赖" 的时候抓住了她，愤然道："你怎么能直称艾那尼？请说德·艾那尼。② 我喜欢这嘘音 h，我喜欢 y、k、th、g、x. Spiagudy、orugix、han、og、bug。噢，真是些美丽的词语，美丽的音节！" 此处影射了 1823 年的小说《冰岛凶汉》（*Han D'Islande*）的序言，因为雨果在那篇序言中强调了字母组成的秀丽风光，这些字母如今已经成为拼字游戏爱好者们的幸福

---

① 此处的 "Goth" 是 "Hugo" 的变体，而 "Goth"（哥特）及其衍生形容词 "gothique" 在文艺复兴时期被意大利艺术家用来指称中世纪出现的一种野蛮粗俗的艺术形式。

② 原文为 "Que dis-tu, d'Hernani？de Hernani, s'il te plaît"，剧本作者在 "Hernani" 的首字母 H 上做文字游戏。

源泉。

很快，随着演出票房越来越少，丑闻也逐渐淡出人们的视野，夏天的时候，该剧停演了。1830 年 7 月 27 日至 7 月 29 日这三天，另一部大戏开始在街垒路障上演出，这就是光荣的三天①。回过头来看，正是《艾那尼》之战为这场大戏做了广泛的预演。在三天的革命结束后，路易-菲利普取代了查理十世，七月王朝推翻了复辟政权。

三个火枪手——大仲马、阿黛尔·雨果（Adèle Hugo）和泰奥菲尔·戈蒂耶——此后为《艾那尼》的传奇留下了墨迹。得益于三人日后的写作，这个史诗般的历史事件凝固成了永恒的文字：大仲马记录了有关雄狮的诗句，阿黛尔·雨果描写了一群现代的年轻人组成了一支像四十五卫士一样富有远见且意志坚定的军队。至于泰奥菲尔·戈蒂耶，则在 1872 年发表的《浪漫主义回忆》（*Histoire du romantisme*）中用了不止一个章节来讲述红马甲，这正是他本人在那个重要的首演夜晚为自己选择的服装。每隔一段时间，冲突对峙的故事及其相关的逸闻趣事和文学典故便会重燃人们的激情。最终，事件参与者的激动之情总会使人们淡忘戏剧本身的情节。

---

① 此处指法国七月革命：法国人民推翻复辟波旁王朝，拥护路易-菲利普登上王位，建立了七月王朝。

第十章　狂热

1848 年，淘金热

　　"全球之战"是 1848 年 5 月 29 日《加利福尼亚报》的标题。但是，这份旧金山大报的读者们却几乎没有扫一眼关于巴黎二月革命的报道，正是这场革命导致了路易-菲利普王朝的覆灭以及共和国的到来。报道未得到关注的原因在于，一条边角新闻让读者受到了冲击："整个国家，从旧金山到洛杉矶，从海边至山脚下，都回响着贪婪的叫喊：'金子！金子！'此时，农田只耕种了一半，房屋尚未盖好，人们对一切不管不顾，除了制造铁铲和铁锹。所有人都离开了我们，无论是读者还是印刷工人；我们只好暂停发刊。"人们对那闪闪发光、令人欲壑难填的东西是那么狂热，以至于法国王朝的终结和欧洲人民的春天这个头等要闻都被弃置一旁，仿佛它们已经成了历史的残骸。自从第一块黄金被发现以来，整整三个月，不计其数的淘金者都光荣地感到自己成了当下历史的缔造者，这段历史将前所未有的机遇赋予了那些一贫如洗的穷人。

　随着谣言、紧急消息和独家新闻的持续发酵，淘金热像瘟疫一样蔓延开来。2月，摩门教的比格勒（Bigler）飞驰闯进城里，震惊了旧金山的居民。他的一只手旋转着一顶帽子，另一只手攥着灌满金粉的瓶子，叫嚣着找到了黄色的金属。令居民们瞠目结舌的是摩门教淘金者们在得到盐湖城的领袖布里根姆·扬（Brigham Young）的紧急命令之后作出的回应，这位领袖渴望从天然金块的兜售中分一杯羹：淘金者向他交付这笔天赐的赏金，而他只要向他们提供一张上帝签名的收条即可。不管摩门教教徒是否被允许这般行为上的放纵，这件事的确显示了人们对黄金的狂热程度。在事件本身和事件引起的情感冲击之间已经没有了调和的空间。各大报纸都在撰写专栏文章，报道在萨克拉门托和圣何塞的支流处看似每天都在进行的矿床开掘。财源确实存在，无论开采者是谁，都可以成为像克罗伊斯①那样的富人。甚至连军队都不能阻止加利福尼亚营队和纽约第一联队的士兵潜逃。自第一批休假的军人踏上前往萨克拉门托的路途之后，驻扎在湾区的四艘海军战舰上的海员就被禁止上岸。休假的军人以军官为首，放弃了海军财务长官发放的一万美元军饷和津贴。

　人潮的涌入将圣何塞和蒙特雷变成了幻象之城。蒙特雷的市

---

① 克罗伊斯（Crésus），吕底亚王国的末代君主，古代巨富。

长——受人尊敬的神父沃特·科顿（Walter Colton）逐日记录了这人潮沙漠的推进：来到这里的有铁匠、木工、砖瓦工、面包师、小酒馆老板，甚至还有已有房产的夫妇，其中一对夫妇在一位律师朋友的陪伴下踏上了掘金之路。然而，华盛顿当局在8月17日得知情况的时候并没有加以留意；当时，政府所关心的是对刚刚从墨西哥人手中夺取的加利福尼亚地区进行整顿，组织快速和规律的交通方式。至于《纽约先驱报》（New York Herald）则在嘲笑大西部无可救药的牛皮大王们，因为那些人从不为杜撰的有关印第安人和野兽的故事而感到难为情，并且总是声称找到了能下金蛋的母鸡。12月1日，一艘蒸汽船开启了驶向旧金山的航程，船上仅有五六名乘客。12月5日，波尔克总统宣布了发现金矿的消息，而后，当汽轮抵达新奥尔良站时，甲板上早已人满为患。为了登船，人们相互踩踏。待到重新启程时，一艘应载一百名乘客的轮船已经载有三百人，并且在每一个停靠点，都会有乱哄哄的人群挤向舷门，巴拿马人和秘鲁人也夹杂其中。外国人来抢夺自己国家的资源，这是绝不能容忍的事情。狂热开始转为恶意。美国佬们以在船上开火作为威胁，强制一位将军宣布禁止外国人进入加利福尼亚。但是此举毫无效果，没有人后退一步。由于没有更佳选择，人们只得用抽奖券的办法，最终又准许额外的一百名乘客登船。岸上还剩下足足一千多个被抛弃的美国人，这些人创立了《巴拿马星报》（Panama Star）。在1849年2

月 24 日发行的第一期刊号中，一篇社论描述了淘金者们的狂热："如果外国人来到加利福尼亚……我们祝福他们好运；但是从本质上讲，所有的金矿都只属于拥有高贵心灵的美国人。"

遍地黄金的美利坚

作家和歌手凭借他们的才华将这场淘金热变成了一场海啸。他们创作的童话故事像是一篇篇有意定制的文章，目的在于让拥有高额经济投资的人上当受骗，同时打造征服西部的神话雏形。如果可以"如同上千头被放入森林刨土、拱橡栗的猪一样捡到黄金"，那么美利坚就无愧是被开国之父们赞美的上帝应许之地。在这片应许之地，一盎司黄金（十八美元，合九十金法郎）可以换取一瓶白兰地或一块烟草，这是民主的计量单位，每个人都应对此露出微笑，因为有人声称每分钟即可赚取一美元。不需要到达现场，只要读读加利福尼亚的报纸就足够了：一位名叫 H. I. 辛普森的人因此写了一本畅销书《金矿里的三个星期》（*Three weeks in the Gold Mines*）。据他所说，只消出门散散步就能拾到金子，像在田野中采花一样；矿工们平和又有魅力；此地气候宜人，食物丰盈。换句话说，这是加利福尼亚版的《鲁滨孙漂流记》。

美国人轻信诱饵，连带着轻信鱼钩，因此应该向他们推荐那些用于定位黄金的精巧又绝对可靠的工具，有口袋探测器（为了"避免贪婪和争吵"），也有用风车翼重组的机器。人们组织起了专业公司，包括各种各样的证券公司，股票价格从五十美元到一千美元不等。考虑到资金不足，人们开发了半股，或者推行可以用优质黄金偿还的货币。在缅因州的法兰克福，整个村镇的人动手建造了一艘新的诺亚方舟，有一百人和一队牛群登船，船上还有大量的猪和谷物。就连素来对金属嗤之以鼻的印第安人都被感染了：马萨诸塞州的切罗基人专门为部落成立了公司。加利福尼亚的穿衣风尚涌入纽约的大街小巷，获得了巨大的成功："他们的服装很特别：红褐色的宽大毡帽，粗糙飘逸的上衣一直垂到膝盖，再加上一双大长靴。"一篇发表于 1849 年 1 月的文章的作者在当时还不知道，加利福尼亚已被称作"黄金、步枪和绞刑场的土地"。淘金热没有被平息，相反，它使向大西洋各个港口出售的武器、橡胶和物资比整个美墨战争期间的总和还要多。

法国人也在激动着

在这段历史中，最荒诞的事情就是法国人也因黄金热而躁动起来。1848 年 10 月 18 日，他们通过法国驻蒙特雷领事馆得知了发现黄金的消息，然而直至各大报纸将这些逸闻趣事变成宏伟史诗，黄金的发现连同最早的淘金故事都没有特别令舆论震动。

1849年2月，《辩论报》（*Journal des débats*）发表了一篇专栏文章，标题为"在上加利福尼亚地区与淘金者们度过的四个月"（Quatre mois au milieu des chercheurs d'or en haute Californie），是在参考了不同的美国报纸后撰写的。文章引起轰动，于是一大批"回忆录"紧随其后，其中大部分是臆想的，讲述了捕鲸人和身无分文的移民如何"在短短四天之内拾到五百金皮阿斯特（相当于两千金法郎，足以维持生活）"，在经典的滚雪球现象中，各家报纸通过相互抄袭展现了这场淘金热。《宪法报》（*Constitutionnel*）上的一篇文章语气坚定地写道："在幅员数百英里的土地上布满了黄金，需要几个世纪、几百万名工人才能将这些矿床发掘殆尽。"五周之后，经过四份报纸的改写，这篇文章的内容成了确凿无疑的事实："之前关于金矿的不可思议的种种故事不仅没有夸张，反而逊于真实情况。"（7月4日，《自由报》）

早在一个半世纪以前，法国人的祖先就以为自己生活在一个地球村里。去加利福尼亚天堂定居，就像一个住在克勒兹省的泥瓦匠在淡季北上巴黎到楼房中做工一样简单。他们对加利福尼亚的具体位置一无所知，却争先恐后地购买那些推荐他们经由得克萨斯州——"这是从墨西哥入境的最短路线"——去淘金的小册子，尽管这些小册子上没有提及具体的登陆港口，也没有任何穿越大陆的指示。有人向他们出售配有法语提示的英语对话指南，这让到达旧金山的法国人被冠上"凯兹克蒂兹"（kezkidiz）的绰号。一些发明家还向他们推荐了"可靠的、用于简化黄金提炼"的工具，其中一位还花钱进行宣传，通过在报纸上刊登示意图来展示一个"能够消化、分解除黄金以外的一切物质的蒸馏器"。甚至还有人兜售课程："矿石分析学，一种检测土壤并控制其金属含量的技艺"，这正是瓦莱里·吉斯卡·德斯坦（Valéry Giscard d'Estaing）时期用于定位石油层的著名的"嗅探飞机"的鼻祖。当然，法国人对当地土著的担忧也仅仅是：土著是虚构的人物吗？怎么会出现在童话书里？

东印度公司的丑闻发生仅仅五年后，同样的投机狂热又让法国人处在极度兴奋中。然而这一次，不再单单是那些最有名望的贵族及供应商在甘康普瓦（Quincampoix）大街上相互推搡，整个法国都兴起了股票交易。每个省份都占有一个份额，从勒阿弗尔的"沙漠商队"，到利穆赞的金融机构；每一个职业也都有自己的股票份额，不管是矿工、木匠还是医生。投资资本越是不确定，公司的创始人越是模糊，公司的命名方式就越要让人安心："诚信""财宝""福音"……于是乎，一大批公司把反射着光芒的"金子"二字刻在自己的门楣上。这些公司相互诋毁，雇用拙劣的记者中伤竞争者，同时大肆夸耀自己。当然，这一切都是匿名进行的。的确有一些谨慎之人惋惜地表示在这样一个以"无法无天"而闻名的国家进行投资是缺乏保障的，他们甚至还卓有见识地提醒人们，无法预料的政治动荡或许会"致使这个新黄金国的一切承诺化为乌有"。然而，这样的忠告无济于事。新公司每周就会冒出两个，却仍然无法满足人们的需求。公司越大，监管委员会中真真假假的将军、伯爵和神父就越多；各种证券的来源显得越可靠，收益就越高，公司运作得也就越好。就这样，新世界只因为一位"克里斯托弗·哥伦布先生"的好脸色，便投入了四千六百万金法郎，相当于证券交易所总市值的 0.5％，这位哥伦布先生是法国动物学学会的成员，根据警方的一份报告，他声称"要为人类的福祉而奋斗"。由此可见，伯纳德·麦道夫①根本不是金融诈骗的始作俑者……

一艘船上的三种激情

淘金热对那些幼稚的傻瓜来说不再仅仅是一种病态了。这样的狂热凝结了因无聊苦闷和已经到来的衰退而饱受折磨的一代人发自内心的三种激情：对旅行的兴趣，对个人致富的渴望，以及对充满博爱精神的乌托邦的追求。奇迹在于，加利福尼亚可以使这三种激情同时释放。距离东地中海的发现已经过去十五年，在

---

① 伯纳德·麦道夫（Bernard Madoff, 1938—　），前纳斯达克主席，美国历史上最大的诈骗案制造者，其操作的"庞氏骗局"诈骗金额超过六百亿美元。

蒙古的游记故事成为时事新闻的时候，美国的西部似乎正在按照一些人的想法，被"打造成一个为 19 世纪而建的天堂——这是每一个世纪都有的合理追求"。乘着西部风光的时尚潮流，综艺剧院以一出《加利福尼亚之旅》（*Voyage en Californie*）大获成功。在剧中，那些淘金学徒躲过了燃烧着烈焰的草原，躲过了印第安人和狼群，躲过了雨水和其他一切。"既然他们是百万富翁了"，这些都算不了什么。但是，如果说让卡尔·马克思感到遗憾的是这场黄金梦"取代了巴黎无产者的社会主义之梦"的话，那么，它并没有完全遗忘 1848 年 2 月的革命带来的希望。"善意"公司（Bonne Foi）也因此试图通过黄金的积累而达到消灭贫困的目的。

路易-拿破仑·波拿巴，这位亲王总统对淘金热事件有些想法，他借此契机以较低的成本摆脱了数以千计的国民自卫军——绰号"卡芬雅克①的屠夫"（1848 年 6 月，国民自卫军枪毙了许多信仰社会主义的共和党人）。在那些拥护社会秩序之人和平民百姓（比如二十五万彩票购买者）的同意下，一场所谓的金锭博彩得到了警察局的支持和保护。因《茶花女》的成功而广获赞誉的小仲马为此次博彩做了宣传；在蒙马特大道上，头彩被展示出

---

① 路易-欧仁·卡芬雅克（Louis-Eugène Cavaignac，1802—1857），共和派将军，政府首脑。在 1848 年 12 月 10 日的总统选举中，路易-拿破仑·波拿巴以 75％的选票战胜卡芬雅克当选总统。

来，这是一块重达一百一十六千克的金锭，相当于四十万金法郎。好奇的人们争先恐后地来欣赏"这座金砌的神像，这头金牛，这个没有光泽却沉甸甸的大块头，它像一位端坐在御座上的国王……活在人们的记忆中"。博彩的组织者提前为五千名"极度贫困的移民和孤儿"预支了航海旅程的费用；三千四百七十人得到了博彩者和政府机构有意为之的慷慨解囊。没有人费心了解在大洋彼岸是否会有人迎接他们。

第十一章　焦虑

1888 年，开膛手杰克使伦敦陷入恐慌

1988 年 7 月 6 日，为了筹备开膛手杰克连环谋杀事件百年纪念仪式，约翰·道格拉斯（John Douglas）——美国联邦调查局的特工督察、美国国家暴力犯罪分析中心的负责人，完成了他的总结报告。保存在 FBI 档案库中的资料迅速被公之于众。通过这份资料，道格拉斯回顾了 1888 年发生在伦敦的五起凶杀案，案件皆被认为是"开膛手杰克"（Jack The Ripper）所为。在对受害者的总体研究中，他重点强调了这些受害者共同具有的特点——容易接近，而不是她们的具体身份——卖淫女。根据他的看法，凶手杀害的对象是他的尖刀可及范围内的路人。凶手留下的各封信件里的声明不足为信，并且也与行凶者的特点不符。实际上，他对凶手行为的研究基于一个世纪以来的犯罪学知识。道格拉斯描述了一个生活在白教堂区（Whitechapel）的人，这个人或许从事一份能够满足其冲动欲望的工作。更具体地讲，道格拉斯暗示，凶手可能是"屠夫、殡仪馆工作人员、医学化验助理或医院员工"，凶手手持匕首或许是为了在必要场合进行自我防卫。道格拉斯甚至怀疑这个人曾被警方审讯，但因为他与当时侧写的凶手画像不符，所以被忽视了。或许是因为一个小小的身体畸形让他显得人畜无害。

从表面上看，这份报告只是一位受过侧写训练的调查员对该案文件的重新解读，不过，这些来自英国的文件并不完整。道格拉斯特别强调背景分析，强调苏格兰场①警员承受的压力，以及当时相对简陋的技术手段。这是因为，在 19 世纪末，尚未有任何连环杀人案凶手的认罪声明被媒体如此大肆报道。杰克的案件超乎寻常，他的犯罪事实引起了密集而持续的恐慌，这种恐慌在一个可怕的社会中不断发酵。这个社会正压抑着民众的身份认同，处于边缘的个体在惶惶不安中度日，眼睁睁地看着无名百姓接连死亡。总之，在道格拉斯眼中，是焦虑本身影响了案件的调查，阻碍了案件真正意义上的告破。

犯罪是恶的产物

1886 年 12 月，在伦敦的白教堂区，一位妇女遭到匕首袭击

---

① 苏格兰场（Scotland Yard），伦敦警察局别称。

的时候，人们没有感到丝毫恐慌。报纸的确提到了这起案件，不过，像这样的案件在当时并不罕见。仅仅在1887年至1888年间，在英格兰和威尔士发生的谋杀和暴力行为就有千余起，至少有九百零九起针对女性的攻击事件被披露。在公众眼中，这样的骚乱反映了底层社会荒淫无度的道德风气。白教堂区，作为伦敦尤为平民化的一个街区，顺理成章地成了违法犯罪和行凶杀人的剧场。它隶属首都东部更大的一个区域——伦敦东区，但它本身又形成了一座小型城市。城中发展起一个特别堕落的住宅区，名为斯皮塔佛德（Spitalfields），它是帮派、罪犯、贫穷工人、不三不四的旅店以及阴暗可疑的小酒馆的聚集地，妓女也不计其数。生活在这种环境下的女人被杀害，在精英阶层看来只不过反映了短短一个世纪内罪恶在城市中的泛滥，城市已经变成游手好闲和极度贫穷之人的避难所。更何况，受害者是一名妓女，这难道不是职业本身带来的一种稀松平常的危险吗？同样，1887年4月，当另一名妓女因腹部遭到匕首袭击而死亡的时候，人们指责的对象是该街区的一个流氓团伙，这些流氓应该是想抢劫妓女，做得过分一些好让她长长教训。

1888年8月7日，又一起可怕的犯罪发生了，却依然没有引起舆论强烈的反响。三十五岁的玛莎·特纳（Martha Turner）——塔布连（Tabram）的前妻，在一栋出租屋的二层楼梯上被发现死亡。不久后，报纸上发布的验尸报告这样形容其伤口：身中三十九刀。颈部九刀，胸部十七刀，腹部十三刀，其中六刀刺在胃部。法医认为凶手使用了两种凶器。调查初期，各大日报的确进行了追踪报道，《曼彻斯特卫报》和《泰晤士报》牵头，披露这位"士兵们的女人"的生活方式。玛莎·特纳酗酒，以向吝啬的军人出卖残存的姿色为生。在这个贫苦的街区，发生一次性关系有时只需要四便士，勉强吃一顿热饭的钱。大约接客三次才够支付在收容所住宿一晚的费用。但是，鉴于小巷和后院十分阴暗，许多妓女便来到街上揽客，并没有固定的住所。这些沦落到社会最底层的妓女让上流社会感到恐惧，后者在妓女的死亡报道里读到了她们自甘堕落的明证。

不安情绪逐渐笼罩白教堂区

1888 年 8 月 31 日，凌晨 3 时 20 分左右，另一名受害者的尸体被发现。在距离白教堂路三百米远的一条安静的小巷里，尸体横在地上。这条小巷在屯货区（Bucks Row），死者是宝莉·尼古拉斯（Polly Nichols），年龄四十二岁，颈部被割断。发现这具死尸的搬运工特别注意到了尸体周围的血迹，他起初以为是一块防雨布。赶到现场的警察观察了血迹，并带走了尸体。他们在现场快速搜查一番之后，让人清理了地面，希望找到一些线索。在停尸房，法医发现另一处被衣服遮盖起来的伤口。这个伤口是被害人死后凶手补刀两次造成的：腹部被从下至上、从腹股沟至胸膛剖开。

宝莉·尼古拉斯也很穷，她曾有一个家庭和几个孩子，染上酗酒的毛病后就抛弃了一切。多年来，她一直卖淫。于是，媒体用短短几行文字进行了报道，并在法医报告的基础上添加了一些耸人听闻的笔墨。报道里提到了调查员对这一事件和前几起事件之间关联的猜想。三个被害妓女的腹部都有伤口，这是一种签名吗？是某种仪式的痕迹吗？一种不言而喻的不安感开始笼罩这一街区。警方的审讯变得更加频繁，与一般的犯罪相比，这种犯罪方式呈现出不同的面貌。记者从妓女们那里得到了一些证词，据称一个穿着皮革围裙的男人曾威胁要抢劫她们。于是，想象的热情被点燃了，很多路人曾经因为面相或着装而受到责问，他们大多是移民。这一街区的居民声称要为死者主持公道。于是，当在贫穷中死去的宝莉·尼古拉斯于 9 月 6 日下葬的时候，一大群人揣着好奇，跟着她的灵柩直至伊尔福德（Ilford）墓地。葬礼结束后，这里又恢复了表面上的平静。面对恐惧，伦敦人尚能泰然处之，一个糖果商甚至趁此机会推出了一款"皮围裙太妃糖"。

9 月 8 日，清晨 6 时许，太阳已经升起，悲剧卷土重来。约翰·戴维斯（John Davis），一个在斯皮塔佛德集市工作的车夫，回到了位于汉伯里街（Hanbury Street）二十九号的家里。在公寓院子里的一个隐蔽角落，隔着台阶附近的篱笆，他看见了一具女尸。场面十分恐怖。女人的短裙被撩起，腹部被剖开，左肩上放着内脏器官。戴维斯于是呼叫求救。院子里总共住了六户人家，但是之前都没有注意到尸体。经过对事发现场的快速搜查，一件在角落里被找到的皮围裙引起了调查员的注意。但是，围裙上没有血迹。很快，警察判定此物与案件没有任何关系，但是媒体却抓住这件与妓女证词有关的衣物，发起了一场关于屠夫、工匠以及移民的辩论。各大报纸开始寻找罪犯，甚至发明新词来为故事添油加醋："东区恶魔"，或直接称"皮围裙"。这则新闻成了全英瞩目的焦点。《泰晤士报》仍然引领风头，但是《曼彻斯特卫报》和《柳叶刀》[①] 也不甘示弱，所有人都肯定地认为这几起卑鄙下流的谋杀是同一名罪犯所为。对精英人士来说，显然，如此凶残的行径只可能出自底层无产者之手。更何况，几位受害者也不是美貌之人。宝莉·尼古拉斯缺了五颗牙，而安妮·查普曼[②]则病入膏肓。

　　白教堂区的居民则是另一种看法。他们更加强烈地谴责外国人，因为据警方辨认，威胁妓女们的男人是约翰·皮札（John Pizer）——一个职业制鞋商，他是一个移民，手里有锋利的刀具。尽管他有确凿的不在场证明，警方仍出于担心民众以私刑把

---

① 《柳叶刀》(*Lancet*)，英国医学杂志，是 1823 年爱思唯尔（Elsevier）出版公司出版的杂志。

② 安妮·查普曼（Annie Chapman），开膛手杰克案中的受害者之一。

他处死的考虑，于 9 月 10 日逮捕并拘留了他。9 月 9 日之后，一种狂热的情绪席卷了伦敦。外国人受到怀疑，被人跟踪、殴打，有些甚至逃到警局才得以保住性命。焦躁的情绪转化为具体的行动，警察积极寻找嫌疑人，并将嫌疑人的姓名交给媒体。刑事警察厅厅长查尔斯·沃伦（Charles Warren）知道，一旦局势动荡、骚乱爆发，那么他的职位将不保。让他更担忧的原因是：前一年民众就曾示威抗议，责备政府更关心殖民地而非伦敦的贫困现象。

在白教堂区，不安情绪日益加深，被遗弃的感觉也不是没有引起波澜。商业颓败；一到晚上，整个街区更是空无一人。民众不信任的情绪冲出了斯皮塔佛德区，蔓延到东区更加繁荣的地带。精神的焦虑之上叠加了经济的恐慌。

全方位的积极举措

鉴于以上原因，9 月 10 日，白教堂区周边的小商贩和生意人聚集在一家俱乐部，除了乔治·卢斯科（George Lusk）——建筑承包商兼音乐厅布景师——以外，还有一个裁缝、一个雪茄制造商、一个镜框工人、一个外卖菜馆老板以及喜剧演员查尔斯·李维斯（Charles Reeves）。他们决定组织白教堂区警戒委员会，并选举卢斯科为主席，即日生效。他们的意愿是协助警方，组织巡逻队，护送独自出行的女性回家。他们希望在当地重建安全机制以及道德秩序。五十岁上下的卢斯科是教堂执事和共济会支部成员，留着小胡子的他获得了当局的信任，并促使当局采取了行动。

几乎在同一时间，住在汤恩比馆（Toynbee Hall）大学宿舍且全部毕业于牛津和剑桥的大学生们决定在受人尊敬的神父塞缪尔·巴奈特（Samuel Barnett）的指导下，为监督工作提供援助。塞缪尔注重引领大学生关注这一社会问题。这些年轻人惊讶地发现，这是一个破败不堪、暴力横生的地带，这里的人口比伦敦其他地方更加集中。每一天，他们在回宿舍的路上都会对自己的巡逻进行总结，并试图描述那里糟糕的卫生和人文境况。

然而，妓女们却没有因为这些积极举措而感到安心，相反，最贫困的妓女们感到更为不安，因为她们一日无客就无法维持生计，交不上租金就会被收容所赶走。她们可以轻易地定位并避开巡逻的平民警察，寻找容易上当受骗的客人。因为担心填不饱肚子，特别是因为报纸上的标题点明了案件调查上的种种拖延，她们便继续从夜间收容所或住所中走出来，寻觅工作。

9月29日晚，街上空无一人，没有女人，也没有警察。20时30分许，一位名叫路易斯·罗宾森（Louis Robinson）的警官决定把一个喝得烂醉、在阿尔德门大街（Aldgate High Street）二十九号闹事的女人送进醒酒房。于是，这个名叫凯瑟琳·艾道斯（Catherine Eddowes）的女人被交给了主教门（Bishopgate）警署，她在那里休息，看上去很平静。23时左右，在白教堂区的另一端，四十岁左右的伊丽莎白·史泰德（Elizabeth Stride）——绰号"长丽兹"（Long Liz）——在一家名为"泥瓦匠手臂"（Bricklayer's Arms）的小酒馆招揽了一个年轻的男客人。两人一同出来，拥抱接吻。但是，他们后来吵了起来，接着进入一条光线很差的街道，男人将女人甩在地上。当时，两个路人看到了这一幕，不过，他们认为自己目睹的只是情侣间的一场争执，因此并未介入。然后，男人走远了。他就是凶手吗？没有证据可以证明，因为伊丽莎白·史泰德的尸体是在凌晨1点左右被一名车夫发现的，她的喉咙被割破，尸体还是热的。接到报警的警方封锁了街区，他们认为杀手在结束例行仪式之前被人打扰了，还未走远。但是警方的行动没有任何结果。更糟糕的是，午夜过后，醒酒的凯瑟琳·艾道斯被放了出来，1时45分，爱德华·沃特金斯（Edward Watkins）警官在主教广场（Mitre Square）发现了她的尸体：颈部被割，肚皮剖开，内脏在右肩上。凶手带走了她身上的某些器官。

报纸头版的哀悼

有关双重命案的消息淹没了各大媒体，"白教堂区谋杀案"

变成了插图式的连载小说，从此占领了报纸头版。这些命案让民众的集体焦虑升级，并引发了实实在在的政治行动。当然，抗议者们在街上游行，坚决要求查尔斯·沃伦引咎辞职。就在此时，寻找罪犯逐渐变成了寻找替罪羔羊。凯瑟琳·艾道斯的衣物碎布被发现了，在衣物掉落的附近高墙上有一段用粉笔写的文字，这段文字激起了人们的反犹主义情绪："犹太人不是甘于被无故怨恨的民族。"实际上，这段话中的"Juwes"一词很快被解读为"Jews"，认为凶手错把"Jews"写成了"Juwes"。除此之外，事实表明伊丽莎白·史泰德的尸体是在离一家工人国际协会培训中心不远的地方被发现的，这个培训中心常常被移民和一些东欧犹太人光顾，这更增加了民众对于大英帝国现状的偏见与担忧。乔治·卢斯科和白教堂区警戒委员会建议悬赏，激励人们寻找凶手。他们的请求被警方和政府回绝了。由于害怕排外暴力的升级，查尔斯·沃伦擦去了这段文字。

翌日，即 1888 年 10 月 1 日，一声惊雷在本已阴沉的空中爆响。《每日晨报》发表了一封信，这封信是中央新闻社收到的，信上的标注日期是 9 月 25 日，邮戳日期为 27 日，报社于当天收到这封信，并在 29 日转交警方。信的作者第一次以"开膛手杰克"署名，他在信中宣称蓄意杀害了若干妓女，明确表明他将很快重新开始"工作"，并且会在下一次毫不犹豫地"割下（妓女的）耳朵"送给警察。所有的文字都是用红墨水写成的。杰克说，之所以用红墨水，是因为他从前一位受害者身上提取的血浆已经凝固了。刊登在报纸上的这封信引发了如潮的反响。原来，杀人凶手是有名字的，而且宣布即将实施新的犯罪。几个小时后，又一封声明信到达了中央新闻社，投寄时间是当日清晨。相同的字迹，相同的签名，在"事发后"宣称两起命案是同一人所为。这封"调皮的杰克"的声明信一经认出，便被《明星报》在其晚间刊物中刊登。这些文字真的出自罪犯之手吗？当时，调查员任由疑云笼罩，但今天的专家们相信这些文字是伪造的，更何况在 20 世纪 30 年代，有一位记者就承认是他所为。

从这一时刻开始，赋予凶手的"皮围裙"的绰号彻底被新的名字所取代：开膛手杰克。这个名字与另一个神秘的怪物呼应：后者在 19 世纪 30 年代名声大噪，被《泰晤士报》称为"弹簧腿杰克"（Spring Heeled Jack），曾袭击多位女性，犯下若干罪行，从未被认出，也没被抓住，那些以此人名义犯下的重罪时不时就被媒体报道。因此，开膛手杰克在女王陛下的头脑中成了一个尤为响亮的名字。事实上，15 时 30 分，维多利亚女王就已致电内务部长，向其告知这些命案令她感到"震惊"。

无论真假，这些声明信激起了更强烈的焦虑和恐慌，很多重要人物主动决定提供奖赏彻查罪犯：市长大人悬赏五百英镑，《金融新闻》悬赏三百英镑。卷入事件的前伦敦市大法官阿尔弗雷德·卡比（Alfred Kirby）悬赏一百英镑，同时为巡逻队增加一个五十人组成的分队。警方谢绝了他的好意。白教堂区的警戒委员会及主席乔治·卢斯科愈发不安，于是组织了一次民众请愿，目的是让政府为追捕犯人的行动提供物质奖赏，然而没有得到回应。几天之后，他们又提请特赦那些可以揭发开膛手杰克罪行的潜在同谋。

案情调查没有任何进展。10月6日和8日，伊丽莎白·史泰德和凯瑟琳·艾道斯分别下葬，各家报纸纷纷致以哀悼，警探们却逐渐在错误的方向上迷失。另外，由于另有一个女人的尸体在白厅（Whitehall）被发现，且被熟练的手法分割，民众的困惑越发深重了。这是杰克还是另一杀手所为？两只猎犬被调来进行援助，以期找到凶手的踪迹，结果也以失败告终。自此，媒体开始嘲笑警方的盲目、无能。民众起初还指望得到苏格兰场的保护，后来却不再对其抱有希望。警方的审讯无论是针对海员、屠夫还是医生，都一无所获。

白教堂区仿佛一座围城，卢斯科对委员会的朋友们吐露，他感觉自己被凶手窥伺和跟踪了。朋友们安慰他说，巡逻队人数众多，警察也准备就绪。然而，10月16日，他收到了一件诡异的包裹。除了信纸上的一句暗含威胁和挑衅的话——"有本事就来抓我"——以外，还有一块可能是来自其中一位女受害者的肾脏，这封信的作者声称另一块被他吃掉了。卢斯科犹豫不决。这是一出恶作剧吗？是媒体和调查员收到的大量假消息中的一个吗？他等待着下一次的委员会会议，甚至饶有兴味地看着眼前收到的包裹。在朋友们的坚持下，他最终将包裹交给了警方。没有当今时代的基因技术，当时的专家对这块浸泡在酒精中的肾脏器官的来源意见不一。实际上，它有可能是凯瑟琳·艾道斯的。

卢斯科和他的委员会对白教堂区实行分区控制。他们甚至得到了政府的同意，除凶手以外，所有人都可以得到宽恕。只要能回归常态，怎样都好：无论是事故，还是中毒引起的死亡，都好过谋杀！英国人似乎已经忘记每年都有超过一万一千人因空气恶劣而死于支气管炎和呼吸道疾病。相比这令人悲伤的事实，杀人凶手仍然逍遥法外，他像是令人焦虑的幻影，极大地煽动了媒体的好奇心，以至于连续好几个星期，报纸都以凶手做标题，在他的名字上大做文章。《泰晤士报》特别增加了许多与调查和社会不安相关的细节和事件陈述。所有人似乎都在等待下一个新的剧集。

入室谋杀

11月9日，上午10时，玛莉·凯莉（Mary Kelly）在她位于白教堂区米勒庭院（Miller's Court）的住处被发现身亡。好几个人曾在不知情的状况下远远看到了玛莉与凶手的会面。不幸的是，他们都不能辨认出凶手。在凶手行凶的时候，一位女邻居似乎听到了一声求救，但是她无法确认这是真的（她害怕了吗？）。总之，这一次，凶手是在一个封闭的空间，在不受干扰的情况下，对醉酒的受害人下了手。一些报纸使用了法医报告来"引导"读者，这份法医报告描述了死者器官和内脏器官的脱位。尸体已经难以辨认。凶手在进行他的血腥仪式时，比以往更加过分。更不幸的是，医生发现，玛莉·凯莉已经怀孕三个月。查尔斯·沃伦警官想求助警犬，于是推迟了进入屋内的时间，或许因此损害了一些线索，而一个身经百战、具有科学素养的警察本可以对这样的线索进行深入调查。新案件引发的群众呼声越来越高，人们认为沃伦必须引咎辞职。

这一悲剧引发了民众新一轮的思辨，并促使精英阶层寻找彻底的解决办法，以期斩断一种动摇平衡的恶性循环。维多利亚女王再次介入，她建议时任首相的索尔兹伯里勋爵（Lord Salisbury）尽快完善公共照明设施，退散阴影。至于警戒委员会，他们认为要投入双倍的努力，并呼吁在场者作证，但同样没有得到即时的回应。

最为诡异的是，开膛手杰克的阴影尚且挥之不去，另一名"分尸杀手"（Torso Killer）也有可能逃脱警方的抓捕逍遥法外。这位"分尸杀手"把受害者割成小块放在不同的地方，有时放在警察局，有时投入泰晤士河，以这样的方式让苏格兰场蒙羞。

对开膛手杰克的疯狂追捕导致各种猜测相去越来越远。从1888年10月起，各种各样的版本被杜撰出来。凶手可能是西区的一个资产阶级，他想要在穷人身上发泄本能的冲动。凶手可能是一名犹太人或共济会成员，他想要完成某种神秘的仪式。随着时间的推移，其他的版本添加进来。20世纪70年代初，一篇文章揭露克拉伦斯公爵（duc de Clarence）和他的医生是这一神秘事件重要的相关人物。此案从来没有正式结案。但是，在非正式场合，好几位调查员声称调查工作其实在1888年12月就已结束了，因为当时有一位出身医学世家的年轻法律专家蒙塔格·约翰·杜鲁德（Montague John Druitt）在自杀之后被人从泰晤士河中打捞了出来。然而，这个年轻人果真是凶手吗？还是说，假借他的嫌疑之名来安抚居民，既低调地传达了一个讯息，又出于对他家族的尊重而没有进行任何公示？一些像道格拉斯一样的FBI犯罪学专家基本认定，1888年夏天和秋天的一系列谋杀案是同一凶手所为，他们认为在这之后，凶手应该是收手了。他或许是死了，或许被人阻止了，或许搬家了。有些人在纽约发现了他的行踪，另一些人则在澳大利亚，甚至在俄国发现了他。

伦敦的另一番面貌

焦虑情绪的蔓延没有与案件的进展完全同步。1889年年间，其他牵涉妇女的血腥犯罪案件同样令人心惊肉跳，"开膛手杰克"这一名字卷土重来。民众对恶魔的恐惧之情悄然重现。当权力机关和私人机构逐渐中止各自行动的时候，在伦敦发生的这场焦虑危机或许才出现了结束的迹象。1888 年 12 月底，苏格兰场似乎不再像前一个月那样为调查而忧心忙碌了。第二年年初，白教堂区的安全措施甚至在有损居民利益的情况下被撤除了。2 月，曾经担当志愿者的汤恩比馆的大学生也停止了巡逻，表示日后愿长期进行社会调查。危机期间，最为有力的工人联盟也放弃了巡逻。不过，乔治·卢斯科和他的白教堂区警戒委员会还在继续行动，他们向警方打探情况，其中一人得到了开膛手杰克已死的确切消息。1889 年年底，警戒委员会的活动停止，卢斯科也在那个时候遇到了其他困难：他因为没有缴纳会费而被共济会支部开除了。

总之，生活回归正轨。当然，这场焦虑的印记已长久地铭刻在我们的记忆中。关于开膛手杰克事件的各种戏剧化情节——谋杀案、声明信、警方的指手画脚、媒体对轰动效应的追求——共同编排了一场大戏，造成了民众对连环杀手持续的关注，同时也让他成了我们这个世界关注的重要人物。然而这场大戏却容易让人忘记，更加日常的困难——人口、贫困和卫生问题——如何悄无声息地制造了大规模的死亡。

恐怖的凶杀案引发的集体情感，其真正的结局在于 1888 年之后伦敦在城市化进程中经历的巨变。整个 19 世纪，伦敦城都在一种危险的无政府状态下膨胀，那里既聚集了一大群脱离了农村文化根基的人，还接纳了大量对大都市适应困难的移民。从 1889 年起，一个大的伦敦郡被设立，以协调各方行动。19 世纪 90 年代和 20 世纪初，诸如斯皮塔佛德在内的危险的城中岛终于被彻底铲平翻修，公共照明系统点亮了整个城市。设计师们以城市集聚体的形式重新思考城市的规划。一种非同寻常的焦虑情绪也可能改善穷困之人的日常生活。

第十二章　欢乐

1914 年夏

全家人围坐在草坪上。几天前，这个野餐之约就已被定下，恰好赶上莫尔塔涅（Mortagne）——隆勒索涅高中（lycée de Lons-le-Saunier）的一位数学教师——的假期。中午 12 时左右，一阵不同寻常的骚动惊扰了周围的农民。当镇上的钟声突然敲响的时候，总动员的消息刚刚传来，还在被口口相传。这钟声仿佛在一场葬礼上缓慢地鸣响，向森林深处还未接到通知的人发出警报。此时此刻，没有过度的欢乐，只有一种沉重感压在每个人的心头。边境地区总能听到国家的号召。第二天，莫尔塔涅抢在征召之前参军了，他想履行自己的义务。

8 月 2 日，慕尼黑的音乐厅广场上聚集了密密麻麻的人群。年轻的摄影师海因里希·霍夫曼（Heinrich Hoffmann）稍稍前倾身子，手持广角相机，拍下了一张照片。几年之后，他把影像放大，找到了一张他早已熟悉的面孔——他的朋友阿道夫·希特勒，经他确认，在第一次世界大战爆发之时，未来的元首是欢快而兴奋的。于是，这段热衷参战的回忆成了后来纳粹党的一个重要主题。对他们来说，战争是德国人民的理想选择，正是因为战争才兴起了"民族共同体"（德语：Volksgemeinschaft）和"国内和平"（德语：Burgfrieden）这两个铸造千年帝国的基本理念。简言之，战争是德意志复兴的推动器。一种重新书写欢乐的手段由此产生，融入了1914年7月末到8月初那些火热的日子里。

从20世纪20年代起，同样的模式开始在法国社会慢慢积淀，在这里，虽然没有民族主义的幽灵，但是和平主义的出现却暴露了爱国主义的过度泛滥和民众对胜利的天真期待。我们在此追溯1914年的欢乐，是为了让那些违背公民意愿而发起的堑壕战、掠夺和轰炸所制造的暴力，以及法国人和其他欧洲人在长达四年的战争中所忍受的一切痛苦，都能尽显悲凉。

一张埃皮纳勒版画

1914年夏天的欢乐很快被各类文学作品大肆渲染，并被做成一张埃皮纳勒版画①放入中小学的课本，也在高中生之间广泛

---

① 埃皮纳勒（Épinal），孚日省首府，位于巴黎东边三十七千米处，其手工制作的版画极其有名。

传播。"枪筒上的鲜花"（la fleur au fusil）遂而成了一个日常用语，指代在这个时代弥漫的某种幻觉。罗杰·马丁·杜·加尔（Roger Martin du Gard）在他的长篇小说《蒂博一家》（Les Thibault）中使用了这个短语，用来回忆冲突最开始的几个星期人们奔赴战场的情形。讽刺周刊《小臼炮》（Le Crapouillot）的创办人让·加尔捷-布瓦西埃（Jean Galtier-Boissière）甚至把这个短语当作他写的一本书的标题，用来展现法国大兵的梦想和他们面临的残酷现实之间的巨大反差。对和平主义者来说，"枪筒上的鲜花"很快成了一种国际性的标志，一种指明冲突疯狂之处的方式，无论对越南还是对伊拉克来说都奏效。这张画并非完完全全的创新之作。1914年8月1日，第一批被动员的部队在巴黎游行时，聚在一起的民众就向着他们抛撒鲜花。骑在马背上的军官们从行人手中接过了大捧的花束。如果这些鲜花不是被插在军队炮筒上，至少也被粘在了子弹盒和剑柄的球饰上。第一批出发的士兵在步枪里插上一面面小小的蓝白红三色旗。这些旗帜与民众的爱国热情交相辉映。在圣彼得堡，民众同样围在军人身边，气氛异常欢快，孩子们甚至感觉像在过节。这些场面被百代电影公司（Pathé）拍摄下来，在英国放映，用以展示战争伊始法俄联军的高昂士气。同一时刻，也可以在德国看到相似的场景：在慕尼黑，第一批新兵在纽扣上别一朵花，偶尔也有人把花插在枪筒上，他们被民众护送到火车上。枪筒上的鲜花充分代表了一种审美：战争暴力中转瞬即逝的美。

这些爱国影像将在第二次世界大战爆发翌日再次被利用。它们激发了民众内心对推动战争的种种动机的疑问。1914 年的欢乐预设了一种价值观，它与 1945 年后人们所持的价值观有着本质的不同。在现代世界，原子弹的爆炸逐渐消除了全面战争的可能性，与冲突概念相连的是对于全人类消亡的恐惧。事实上，1945 年以来的核扩散使人们广泛地意识到这一新科技的巨大威力，战争的合理性本身再次受到质疑。犹太人大屠杀使战争的野蛮性达到了巅峰：这是在没有战略动机而纯粹出于意识形态的情况下，对一个民族系统化的大清洗。因此，我们描述 1914 年的欢乐是为了回顾过往历史中的一种战争观，这种战争观所扎根的社会和人群如今已不复存在。这样的描述也是为了指出这种集体性情感的深远影响，它是 20 世纪军事学和心理学领域最令人震惊的事件的起缘：正是第一次世界大战通过和平条约的把戏导致了第二次世界大战的爆发。德国保守派史学家恩斯特·诺尔特（Ernst Nolte）基于对这种情感的阐发，更有力地强调了俄国革命引起的恐慌，在他看来，这两种情感制造了希特勒式的意识形态洪流。

行政长官们的反馈

如果仔细观察便会发现，1914 年夏天的欢乐远非一件显而易见之事。正如历史学家让-雅克·贝克尔（Jean-Jacques Becker）在他的前沿研究《1914 年，法国人如何参战》（*1914，Comment les Français sont entrés dans la guerre*）中阐释，民众的情感发展在时间线中既不是统一的，也不是连续的。由于当时没有民意测验（20 世纪 30 年代初才有这种手段），关于法国的民意状态只有政府部门的报告可供参考，其中最权威的报告来自各行政长官。他们的任务是确保秩序井然，以及防止暴动干扰国家的正常运行。他们的解读指出了不同省份存在的差异：在卢瓦尔河以南，爱国主义热情比北部地区更强烈。行政长官们没有指出农村和城市之间存在的悬殊差异。相反，他们提到，在冲突爆发期间，出现了一种快速发展的趋势。实际上，战争前夕，让整个国家都为之沸腾的民族主义热忱尚不存在。靠拢法兰西运动①的右翼组织中有个别部门十分亢奋，沉浸在好战分子的狂热之中，但是从整体上来讲，民众还是忙于各自的日常琐事。在社会主义者阵营，1914 年 7 月 31 日的饶勒斯遇刺事件引起了他们的不安，动摇了他们的和平主义理想。

　　全国总动员导致了局势的变化。动员令的宣布表明国家正式进入战争状态，所有人都认为，这不会是一场无谓的动员。然

---

① 法兰西运动（Action française）是以 1894 年的德雷福斯事件为契机组成的法国君主主义的右翼组织。

而，此刻，参与欢乐游行的是少数人，大约占人口的三分之一。其他人则平静地接受这一决定，没有狂喜之情，表现出了一种严正的责任感。一小部分不容忽视的人群——常常被具化为妇女和儿童——则哭泣流泪，害怕失去丈夫或父亲。莫尔塔涅三岁半的小女儿从大人们的眼中感受到了这一刻的严峻，虽然她年纪小，但仍然对父亲的离开感到害怕。军事教官在呈给市长的报告中写道，在总动员公布之时，民众对投入战争的决定没有表现出真正的欢欣鼓舞。在十来个大城市，爱国者们组织起游行队伍，支持这一决定；游行队伍高歌饮酒直至深夜。在巴黎甚至爆发了一些骚乱，因为一名工会干部在经过劳动交易所周边时大喊自己反对战争。

两天之后，当第一批动员军人即将出发之时，气氛发生了转变。自这一刻起，报告显示出法国人民坚定的决心和他们的热情，因为舆论已经相信他们要打一场正义之仗。法国是寻求和平的，而德国是宣战国，所以法国必须自卫。随着时间的推移，人们更加认为法国政府的行动是正当的，而德国皇帝的行动是非正当的。集结起来的年轻人希望可以尽快归来，他们群情激昂地高喊着："干掉他们！""让他们见鬼去吧！"

神圣同盟

一些带头闹事的人写下的涂鸦，通过摄影师的镜头得以载入史册："冲向柏林！""法兰西万岁！"他们创作了一些应景的曲子，其中的歌词被人们潦草地抄写在小本子上，所有人都一起朝着火车站的方向涌去。大规模的宣传运动鲜少可以达到这般速度和能量。这些场面震撼着人们的想象力，并长久地留在他们的脑海中。当犹豫和迟疑烟消云散的时候，他们的记忆沉淀了。

国民的拥护和意见领袖的赞扬让当局感到安心。极力倡导和平主义的社会主义者被警方登记在册并严密监视，国家十分担心他们的态度。但是，社会主义者却并没有对加入保卫祖国的行列抱有不满。"神圣同盟"是雷蒙·普恩加莱（Raymond Poincaré）总统于 1914 年 8 月 4 日对议会两院讲话时使用的表达，为了挑明团结一切已在发挥作用的力量的必要性。这个表达一直流传到今天。人们在公共场合的行为由更高的目标所支配，自觉应该庄重地将全身心奉献给集体，自此以后，在一切政治倾向之上都飘扬着一面三色旗。履行公民义务成为主旋律。在敦刻尔克，市长欣喜地记录了工会领导为他提供的无私援助，后者让出了一间工会大厅，把其改造成野战医院。里尔市的官员也收到了民众同样的请愿。工人和农民重新进行编制，为国防力量服务。正在靠近法国司令部第十七号计划指定方位的急行军士兵们，也感受到了自己正在完成被赋予的使命。

不过，临行前，一些士兵害怕了。与家人或朋友在一起的时候，他们表达了对永远无法归乡的担忧和畏惧。第一轮正面交锋时，他们发现，德国人的施里芬计划（plan Schlieffen）让法国和比利时腹背受敌，因而愈发焦虑不安。假消息层出不穷，虽然媒体措辞委婉，但社会气氛还是在慢慢地转变。8 月 20 日，民众仍然相信政府可以迅速取得胜利，战争不会持续很久。21 日，形势已然有所转向，各行政长官的报告显示，民众担忧甚至焦躁的情绪猛然上涨，集体性的悲观主义呈上升趋势。8 月中旬，第一批参战的牺牲者名单是造成形势变化的原因。各大报纸的标题装腔作势，一列列火车却不断运送伤员返回，两者之间出现了明显的矛盾，进而引发了集体性的士气消沉。然而，法国人坚持不懈，很快形成了一种忘我的精神，以复生的庄重感弥补悲伤的情绪。夏天还未结束，欢乐已然远去，空气中弥漫着野蛮的芬芳。

1914 年至 1915 年冬，为了稳固各自的战线，德、法、英三国军队开凿了长达近六百千米的战壕。国民离欢乐愈发遥远了。于是，一场他们未曾真正期待过的持久战开始了。这场考验对每个人来说都无比严峻。尽管"消耗"是一种战术考量，但是这个词语背后隐藏的却是成千上万在狭窄地带上堆积起来的尸体，以及永远不会完结却愈发残酷的进攻战与反击战。

微笑与怀疑

最奇怪的是，依然有人无视西部和东部前线的战况，反而欢乐地投入战争。在意大利，精明的萨兰德拉政府于 1914 年 8 月 3 日宣布了非参战国的身份，却在 1915 年春天加入了战争。实际上，4 月 26 日，意大利外交大臣西德尼·桑尼诺（Sidney Sonnino）以领土补偿作为交换条件，与法英签署协约。于是，战争干涉者们的宣传运动达到了空前的规模。各大城市都发生了游行示威和大规模集会，参与者既有演说家恩里科·科拉迪尼（Enrico Corradini），也有尤为热情地赞美战争价值的诗人加布里埃尔·邓南遮（Gabriele D'Annunzio）。像马里内蒂①在 1909 年发表《未来主义宣言》（*Manifeste du futurisme*）时那样，他们也向世人宣布："我们想歌颂对危险的热爱，以及对热血和鲁莽的习惯。"

不久之后，同一批微笑的面孔已经准备好投入战斗，同样的疑虑也占据了一个出于道义而行动的民族的内心。关于美国于 1917 年参战的影像资料令人匪夷所思：大规模的宣传运动竟然

---

① 菲利波·托马索·马里内蒂（Filippo Tommaso Marinetti, 1876—1944），意大利诗人、作家，20 世纪初未来主义运动的带头人。

也在那里发生，向人民兜售战争，浮于表面的欢乐景象如约而至，灿烂地绽放在赫斯特集团的电影胶片上。纽约，尾随在宏伟的总动员阅兵队伍之后的是密集的人群，仿佛这是一场慈善义卖游乐会。水手们在年轻姑娘崇拜的目光中预备登船。在得克萨斯州的奥斯汀，军队在众多充满热情和友善的观众面前整装待发，星条旗四面飘扬。似乎从未听说过1914年教训的人们上演了同样一场虚假欢乐的剧目。然而，如果仔细观察，就会发现一个惊人的差距：1917年，得克萨斯人在游行时，大炮上插着刺刀，肩上扛着步枪，仿佛想要证明对危险已有察觉。

回过头来看，1914年的欢乐很像一种战争文化的产物，而非一个真切的现实，它是一种由人民和政府编造的、用来承受集体考验的简单却实用的信仰。与之呼应的是历史编纂学的另一个意图，即坚持强调进行短期战争。实际上，各国总参谋部已经意识到，战争可能会持续很久。他们为交替战略做好了准备，并且预期在必要时刻进行工业转型以适应战争。他们如政治家一样自负，表现出的确有能力控制局势的态度，但是，他们没有预料到局势会滑向全面战争。像所有人一样，他们为集体性的暴力和在战争中求胜的坚决意志而感到震惊。

接下来发生的悲剧深刻地烙印在世界的历史与记忆中。它致使人们不断地重新思考这一影响深远的事件。人们甚至需要修改过去的历史，使其能够与新的迫切的道德命令相适应。因此在

20 世纪 20 年代，出现了"美好年代"一词，指称大战爆发之前的 19 世纪末 20 世纪初。昔日的战士在怀念童年时代的和平景象时，却简单地选择了将经济危机、社会紧张、针对移民的暴力以及殖民压迫的粗暴压抑在记忆的角落。最早沉浸在幻象中的德国人，在一瞬之间忘记了他们早已犯下了本世纪第一个种族大屠杀之罪：在遥远的非洲，在纳米比亚，他们对赫雷罗人①赶尽杀绝。

2008 年 1 月，当最后一名法国"一战"大兵拉扎尔·彭迪赛里（Lazare Ponticelli）因无常的命运而离世之时，极少有人或历史学家回忆 1914 年总动员令的颁布所挑起的情感波澜。代际间的更替已经完成。如今，对这一铁血时代的记忆，更多地聚焦在战争带来的痛苦和创伤上。这位第一次世界大战最后的见证者，这位加入法国国籍并在前线战斗过的意大利人，他的离世引发了良久的沉思。对无名尸体、对大规模侵略以及对种种毁灭行径的追忆让任何人都无法置身事外。通过语言文字的力量，士兵与民众从虚无中走出，唤醒每个人去冥想生命的重量。

---

① 赫雷罗人（Hereros），讲班图语的纳米比亚人。1904 年至 1908 年德意志帝国在非洲西南部针对赫雷罗人、纳马人、萨恩人实行了连坐屠杀，被认为是 20 世纪的第一场种族屠杀。

第十三章　耻辱

1919 年 6 月 28 日，《凡尔赛和约》

　　他们终于赢得了胜利。1918 年 11 月 11 日，停战的消息一经通告，成千上万的柏林人就涌上街头，庆祝他们的军队取得了成功。对于胜利者的名字，他们的心中没有一丝疑云：光荣的国家防卫军。尽管过去了一个世纪之久，但是，当看到那些在人头攒动的巴黎广场上飞速抓拍的影像时，我们仍然会感到惊愕。二十岁上下的年轻男孩像等待颁奖的幼童一样神情严肃，笔直的身体站在快要散架的拖车上，穿行过匆忙搭建起来的用冬青花环和松枝装饰的凯旋门下。

　　这些被敏锐的历史学家马克·费罗（Marc Ferro）发现的影像资料让 11 月 11 日成了历史上独一无二的欢腾节日，因为，连战败者也在分享其中的快乐。接下来发生的事情最令人惊讶：整个帝国步调一致地庆祝，并持续了好几个星期。在雷根斯堡，巴伐利亚第三十二军的幸存部队受到了市长、学校儿童和军乐队的迎接，他们在一片欢呼声中被护送到营地。上校冲着聚集的人群和士兵高喊道："你们是勇士，你们不是战败者。"同样的场景出现在马格德堡，恺撒大街上挂满了木板和横幅，上面写着："被数字压倒的失败不算失败！"或"真正文明的士兵们，被暗算而亡的德意志在你们的身上重生！"人们流下的泪水更多的是希望而不是怨恨。

从以上角度来看，这个现象介于两种情感之间：骄傲与绝望。一方面，是内心庄重而傲慢的尊严感，它既属于 1914 年的德国人，亦体现在 1918 年 11 月出现的可悲的误解中；另一方面，是面对预期中的确定事件——战争胜利——最终幻灭时所感受到的绝望感，并且自从战败的事实被压制之后，他们感觉自己处于虚空的边缘。由于无法忍受失败，德国人转而编造了心理分析师所谓的"心理幻想"，它基于一种想象故事，目的是达到自相矛盾的满足感，即一种没有被打败的感觉。

对灾难的拒绝态度最明显的表现是 1918 年 12 月 11 日，皇家卫队在柏林的勃兰登堡门下的游行。五个月前，也就是 1918 年 7 月，当德国的军事突破到达马恩河时，菩提树大街（Unter den Linden）的沿河居民们提出将自家阳台留给计划在胜利游行时坐在最前排的观众。好了，这一年的 12 月 11 日，他们的梦想实现了。当骑兵们手持长矛经过的时候，国歌响彻空中，然后是骑兵团和群众此起彼伏的歌唱。在勃兰登堡门前，弗里德里希·

艾伯特①坐在代表胜利的战车上，作为人民委员会的主席和一个十足的国际主义信仰者，他向士兵们坚定地喊道："我向你们致敬。任何敌人都没能在战场上把你们打败！"这位未来的共和国总统几乎一字不差地重复了兴登堡元帅②在11月12日的讲话。军人与政客几乎在一切事情上都意见相左，除了在这个对他们而言至关重要的一点上：德国"正直而骄傲地"退出战争，换言之，他们是光荣的。

他们怎么能接受一个被视为"耻辱"的和平条约呢？还是在荣光中退场吧。当停战的谣言悄悄传开的时候，各位海军上将的头脑中就闪过了这样的想法。他们宁可尝试最后一次与英军作战，也不愿意承认战败的事实。希望破灭是必然的，但是对于这些遭受身份认同困扰的德国军事精英来说，他们却可以在这个无根基的逻辑中找到合理性。1918年10月29日和30日发生的海员叛乱阻止了他们计划中的行动。但是该来的迟早会来，1919年6月21日——就在著名的《凡尔赛条约》签定的几天之前——在路特（Reuter）上将的命令下，所有停泊在英国斯卡帕湾的德国海军舰队全部自沉。

---

① 弗里德里希·艾伯特（Friedrich Ebert, 1871—1925），德国政治家，魏玛共和国首任总统。

② 保罗·冯·兴登堡（Paul von Hindenburg, 1847—1935），德国陆军元帅、政治家、军事家，魏玛共和国第二任总统。

在德国人所专注的神话重建行动中，与最初的神圣感相对应的必需品是荣誉感："我们失去了很多，甚至可能失去了一切。但是我们还剩下一样战争中的所得：那就是你们光荣的记忆，对最伟大的军队的记忆，对曾经投入的最猛烈的战斗的记忆。"身为作家，同时也是最高荣誉勋章加身的德国军官恩斯特·荣格尔（Ernst Jünger）如此说道。他的这一席话，显示了幸存者的病理症状：被战争改造，对只可能是痛苦的现实熟视无睹，对已不复存在的伟大的德意志帝国执迷不悟。这一切就是在 1918 年德国人身上存在的时代困扰。

一方面，他们期望的前景被堵上了，没有复仇的精神，没有战败的教训，没有战后应该学到的态度：认可胜利者的优势，即便这种认可只是暂时的。德国人仍然在撰写历史，就好像他们是胜利者一样，不管是否只是短期的胜利者。总之，难道他们不是心甘情愿地放下武器，签署一种"威尔逊式的和平协议"吗？这一和平协议是妥协的委婉说辞，尽管不那么伟大，但也是值得尊敬的。因为它虽然可能会让德意志失去皇帝，但是仍然可以保留其在领土、经济、金融和军事方面的强大力量和至高地位。乌尔里希·冯·布洛克多夫-兰曹（Ulrich von Brockdorff-Rantzau），这位外交首长，从未想过除此以外的另一种版本的结局，直至协约国提出的和平条件像晴天霹雳一样展现在他的面前。

另一方面，德国人生活在被哲学家恩斯特·特勒尔奇

（Ernst Troeltsch）称作的"理想停战国"里。公务员们"一切照旧，完全以往日的风格管理、讲话和行动"；军人们则一直坚信"是军队在维护德意志帝国，并且有能力保护它"。这是国家精英们在激情洋溢地回忆1914年这一代人心理时的一致看法，他们组成的是一个理想的群体，为了国家的伟大荣誉而牺牲自我。对于这个奇迹般保存完好的昨日世界来说，对于这个敌人无法入侵并且没有任何一个地方留下过战争痕迹的旧世界来说，灾难或许就是一个并非在军刀下签署的和平条约。

在这个国家里，打碎梦想的人是没有公民权的，但是他们仍然可以为国家效力，因为他们预设的阴谋为不自知的战败者的逻辑三段论提供了核心命题：他们是一支在数量和武器装备上占劣势的军队，却英勇无畏地参与战斗；但是，敌人声称这支军队战败了，并否认其英勇无畏的精神；所以，如果必须要为和平谈判的话，那是因为这支军队遭到了背叛。有罪者的名单在1918年的整个冬天被不断拉长。除了那些在士兵"背后捅下第一刀"的"十一月罪人"之外，还有"偷偷摸摸发战争横财"的犹太人，12月中旬，分发给民众的数百万份小册子都在揭发犹太人，但是，清算还没有达到最大规模。1919年1月19日，战胜国会议在凡尔赛召开，冯·马肯森上将（maréchal von Mackensen）说出了所谓有罪的同党："打败我们的并不是协约国的军队，而是德意志最狡猾的敌人，是德意志自己的人民导致了整个帝国的覆灭。"人人皆有罪,除了军队。面对著名的有关战争罪责的第二百三十一条条款,德方代表们大吼反对。然而,德国人自己却被抓捕罪犯冲昏了头脑,试图亲自指认罪魁祸首。总之,一种力求自保的条件反射让德国人把在国际上认罪和确信德国覆亡联系在了一起。

对罪犯的指认,开启了人们对 11 月 11 日停战事件无休止的反复检讨。剩下的就是处罚了。这就是 5 月 19 日通过奥托·迪贝利乌斯(Otto Dibelius)主教宣布的事情:"在自己的军队背后捅上一刀的人民……通过罢工和跳舞①来庆祝军队失败的人民,他们应该接受公正无私的上帝之手最严厉的审判。"即将伴随他们的应该是入地狱的惩罚,而非放弃战斗或耻辱感。德国人民广泛而持久地接受了这一信条,若要确信这一点,只消看一看布鲁门特里特将军(général Blumentritt)在 1945 年对反法西斯同盟国的回应就足够了:在与同盟国的对峙中,他率领的德国国防军战斗到最后一发子弹,让对手大为惊讶。由此可见,至少,这一代德国人已经吸取了 1918 年的教训,他们"为了对付布尔什维克主义而紧密地团结在一起",他们的无条件投降"光荣地"认可了强者的胜利。

1919 年 5 月 7 日,协约国向德国代表呈递的和平条约印证了

---

① 此处是对德国社会主义者和共产主义者的诬蔑,他们在当时被视为不作为的叛国者。

德国人的担忧。翌日，总理谢德曼（Scheidemann）声称，这一计划等于向德国宣告了一场"缓期执行的死刑"，因为这是一份"充满仇恨的文件"。德国人民党领袖古斯塔夫·施特雷泽曼（Gustav Stresemann）在此之上予以补充，认为这一计划迫使德国"成为其他国家的奴仆"。这种切身感受到的耻辱正好与1914年表现出的神圣的庄严感形成对比。随之而来的是第一份悲痛宣言，一百多页的"观察报告"被呈交给了凡尔赛会议的主席，其主导议题就是受到讥讽的德意志尊严。

6月16日，协约国"拒绝接受"德国人的提案，这一结局给1918年11月构筑起来的神话施加了致命一击：德意志不仅丢掉了战争，而且由于没能构想出一个可以令人信服的过去，它变得既不再能思考当下，又不再能思考未来。从第二天开始，兴登堡的笔下突然出现了一种"光荣灭亡而非耻辱求和"的可能性。他提交给德国国防部长、社民党成员古斯塔夫·诺斯克（Gustav Noske）的军事分析报告清晰无误地表明：在以一敌三、煤炭供给只够两周、粮食定量分配且士兵健康状态变差的情况下是不可能进行战斗的。他与密友威廉·格勒纳（Wilhelm Groener）甚至意欲"与布尔什维克达成合作"，而在三个月之前，这样的话对于那些屠杀红色革命者的将军来说如同污言秽语。然而他的结论是："俄国人的分量还不够……除非对手是波兰人。"出路只剩一个：逃离可憎的现实。兴登堡和许多德国精英都保留了好战的精神：情感应该始终与极度简明的目的相匹配。昨天，是要置对手于死地；今日，是要让国家连人带物统统消失。

对牺牲精神的绝对信仰可以实现一种巧妙的责任推卸。但是，对一位普鲁士的陆军元帅来说，它还有更深长的意味："祖国-理想"的粉碎令他难以忍受。这种表述随后被年轻共和国的各位部长数次使用，后者表现出了一种在服丧哀悼时典型的行为模式：朝向一个令人不寒而栗的未来的缓慢前行，可以从累积的倒退行为中得到补偿。这就像在前线战场，士兵有序撤退的时候，以反复曲折的之字形路线钻进战壕。对于魏玛共和国的民众来说，割让领土、去军事化、没收财物和战争赔偿，等同于毁灭。无论他们怎样郑重地指明《凡尔赛和约》是不"顾及尊严"的，说它将"使德国人屈身为奴"，并且使其中一些人臣服于"文化劣等的"波兰人；或者，无论他们怎样指出这个条约代表了"史无前例的不公正"：都无济于事。即使他们更换政府，赞成和平的投票也绝不会超过半数，除非在夜半时分悄悄举手表决。他们必须在签字或死亡之间做出选择。

但是，与著名的历史学家、参加过战争的退伍军人皮埃尔·勒努万（Pierre Renouvin）的论述相反，德国人并不是顺从地在和约上签字的。根据伍德罗·威尔逊（Woodrow Wilson）的说法，他们"像被捕的猎物一样迫于压力"。他们对隐约看到的前景担惊受怕，他们即将离开梦想中的世界，以战败国的身份苟且偷生，那将不再是他们的德意志。军人们都自认为堪比《伊利亚特》中描写的传奇战士，称得上是"最优秀的人"，这样的军人有权发话，因为他们参与了战斗，并且像尤利西斯（Ulysse）一样可以毫不犹豫地打死胆敢插话的平民。他们还对历史进行了双重篡改，一如人们为了挽救主题图案而对挂毯进行补缀一样。战败的责任只归咎于政治家，而且，鉴于协约国提出的种种苛求，产生"耻辱和平"的感觉是合乎情理的。至于那些对一部分舆论来说具有合法性的共和国的拥护者，他们将耻辱感提升到了一个法律的高度，以解释战胜者在道德层面对德国民众强加的罪恶感。战争的胜利者们意欲杀鸡儆猴，坚称自己的处境是特殊的，并且认为强制的和平同样令得胜方蒙羞。无论对哪一方来说，疗愈这个既自恋又恼人的伤口的唯一解药必然是对既往历史的修正。

为了给虚构的历史赋予血肉，德国人需要借用敌人的种种表现。克列孟梭（Clémenceau）、普恩加莱（Poincaré）或劳合·乔治（Lloyd George）的自吹自擂提供了一定的素材，毕竟他们的角色就是呼吁人们去进行"代价沉重的清算工作"。德国人预料到自己会遭受羞辱的待遇，果不其然，当 1919 年 4 月 29 日德国代表们抵达沃克雷松（Vaucresson）火车站时，预想变成了确凿的事实。其中一位代表这样写道："巴黎郊区的贱民们……用动物般的尖叫，用口哨声、吼声和'打倒德国鬼子'的欢呼声迎接我们。"虽然凡尔赛的一份报纸讶异地发现，这些代表住的宾馆竟然还有电灯照明，但是一位德国代表却表示："我们一个稍经改造的旧营房或许更适合接待那些野蛮人的代表。"这就是德国人根深蒂固的成见。6月16日，德国代表团在得到协约国对提案的答复之后，抵达马尔利勒鲁瓦（Marly-le-Roi）火车站，其中两位代表被迎接他们的乱石砸中，然而，这一事件的当事人在这位德国代表的笔下却变成了四个人："人们向我们飞奔过来。他们大声叫骂、嘶吼、吹口哨、咆哮，向我们投掷这世上前所未有的最肮脏的垃圾和最恶毒的谩骂。所有参与这次行程的代表都将在他们的记忆中永远保存对法国人和法国骑士精神的记忆。遗憾的是，威尔逊先生没能目睹这样的场面，不过，这场面倒是与今日交给我们的反提案答复是相符的。"

柏林的景象，被布洛克多夫-兰曹贬低为"贱民"的凡尔赛人的过激行为，以及协约国的极度自负，都让德国人对和约的回绝以及他们后来的反抗变得合情合理：他们想要阻止的，是他们的世界在"进步"的名义下解体，这种进步在他们看来是一种惩罚。他们的耻辱，就像麦克白夫人手上的污点①，是一个无法洗刷的印记，同时也是一个将回绝转变为行动的坚决警示。以上就是阿道夫·希特勒的理解……

---

① 麦克白夫人在谋杀了邓肯之后，拼命地想要洗掉手上的血迹，通过清洗身体来除去罪恶感。

第十四章 厌恶

20 世纪 30 年代，金融丑闻

　　关于金钱，若非论其恶端则莫谈，切莫妄想用金钱建造空中楼阁。1300 年前后，"底层人"首次针对"大富豪"发起了一系列暴动，理由是后者持有的黄金"腐蚀了人民的精神"——1971 年，弗朗索瓦·密特朗几乎原封不动地引用了这句话——自那个时候开始，法国人就对金钱产生了一种特有的神经焦虑症。他们可以为永远不会投入生产的订单付账，可以成吨地购买遭到损坏或毫无用处的商品；他们选举出的议员甚至就是他们支持发展的公司的管理者。法国人就像小孩子一样，在游戏的时候混淆了"玩玩看的东西"和"真正的现实"。但是如果有人企图以铺张炫耀、奢华外表和一掷千金来显示个人价值，那是断然不被容忍的，因为这样的行为像是出自一个乳臭未干的小毛孩，丝毫不懂如何"自我节制"。

　　这就是为什么在那些"大富豪"的身上集中体现了人心堕落

的外部特征和道德症状：他们被指责"着装花哨""偏爱豪车""一餐吃五道菜"、餐后掏出雪茄叼在嘴里，特别受到批评的还有"他们邪恶的激情"。他们不断地追求"极致享乐"，但这并非偶然，它显示出一只看不见的手正发狂地想要掌管"底层人"的命运，并且将"底层人"引向无可挽回的不幸深渊。偏执狂的言论与阴谋论者的逻辑不谋而合：这些"大富豪"与耶稣会会士、共济会会员以及犹太人一样，是巨富大亨秘密组织的代表，想必还被秘密的法律以及共同的利益保护着。因此，指明那些被舆论认为无根基、无固定居所、无遗产继承的人，并对其加以讽刺就变得重要起来，正是他们构成了法国中产阶级的对立面。"金融家"就是来自"盎格鲁-撒克逊""地中海东岸"或"四海为家"的外国人，而外国人中最典型的代表就是"犹太人"，并且，无论其宗教信仰是什么，这些形容词的数量只会随着厌恶之情的加重而成倍增长。

自第一次世界大战结束以后，这的确是普通民众的普遍情绪。当战场上的小兵遭受枪林弹雨的时候，他们靠贩卖炮弹赚取了财富；当纳税人"惊喜地"发现个人所得税取代了被德国人无限延期的"战争赔款"时，他们正在通过瓜分战败德国的钢铁战利品而发家致富；当"投机商"（暴发户）们将贬值的法郎换成漂亮的美元时，普通民众的年收入正在因为通货膨胀而缩水：所有这一切都加剧了民众对"大富豪"的厌恶。伏尔泰的旧道德——"让世界自然发展，虽然并非一切都是美好的，但都是过得去的"——此时就像对神秘的共和国进行赞美一样显得不合时宜。1929 年，离最糟糕的情形只差一场发源于美国这个"大富豪之国"的危机了，它会毁掉法国人引以为豪的、确保对抗"一切过激极端"的"完美平衡"。由于突然间被迫放弃了长久培养起来的独特感，法国人在面对摆在自己面前的未来时感到阵阵厌恶。

深陷危机的资本主义是他们首要的批评对象，然而事实上，他们的怒气却是朝着有钱人曾经用来引诱他们的空中楼阁而爆发的。1931 年 8 月 1 日，哲学家阿兰（Alain）写道："这些想象中的财富、想象中的债务将由谁来计算？人们需要一位无耻之徒；我们这个时代的无耻之徒，是高布赛克①，是银行家……当高布赛克琢磨从一张空头票据中得到什么的时候，他是在计算一种信仰、一种公论，而非一种真正的价值。若能让一位绘画爱好者相信，他今后可以把一幅荒唐的小画作卖出一个比他付给你的钱更高的价格，那么这幅画的价值就是好的了；买画的人总是忘记想一想这幅画是否真的值些钱。"一首有名的曲子这样写道：银行家和艺术品商人一样能言善辩，股票交易所就是赌场，在里面，

---

① 高布赛克（Gobseck）是法国著名作家巴尔扎克小说中的主人公，小说刻画了高利贷者的典型形象，描写了一幕幕围绕争夺金钱而展开的惨剧。

人们什么都看不懂，就像看康定斯基的画作一样。这是站在"底层人"的捍卫者或辩护人立场上的绝妙谴责：如果无非是"玩玩看的东西"，输了也无关紧要的话，阿兰可能会接受在股票交易所赌一把。丑闻的最开始是"真正的现实"的折损，它抹杀了人们对于投资的渴望，取而代之的是厌恶。

银行家的纷纷破产代表的不仅仅是法国人民的反抗，它开启了人们对拥有"浮华而庸俗的财富"的资本巨头的控诉。这些被人嫉妒和诋毁的银行家就是财富的代表和化身。1924 年 8 月，莫里斯·罗斯柴尔德①尚能借机在上阿尔卑斯省参加议会选举，他打着"我的姓氏就是我的施政纲领"的口号，在讲话中一边穿插手势，一边将装满二十法郎纸币的信封塞给当地的乡绅显贵，然而，这样做的结果只不过是引起巴黎名人政要的愤怒罢了。在阿尔卑斯山的高山牧场，人们已经将宗教战争时期流传下来的谚语——"富得像个犹太人"——改成了"富得像罗斯柴尔德一样"。从今以后，对于那些"大富豪"来说，由于其股票的价值等同于股票纸张的重量，他们从此成了表里不一的代表。另一件耻辱的事情就是法国中产阶级的轻信盲从，他们曾经一度幻想不冒任何风险就可以发财致富。1918 年以后，法国的"底层人"因自身的愿望一直无法得到满足而倍感挫败，他们将所有不能完

---

① 罗斯柴尔德家族是欧洲乃至世界久负盛名的金融家族。

成既定"胜利"目标的人都认定为有罪。他们开始寄希望于通过改写这段错失机遇的历史来自我安慰。

亚历山大先生①，这位完美的反英雄就这样横空出世了。1933 年 12 月 24 日，巴约讷（Bayonne）市政信贷总监因发放伪债券而被捕，致使"斯塔维斯基事件"爆发。对于那些不再相信共和国理念的人来说，这一事件是一份圣诞礼物；对于那些害怕外界入侵的人来说，这一事件是一场灾难；对于那些神经兮兮的阴谋论者来说，则是意外的收获，因为他们可以借机披露一位重量级人物并与之交谈。从弗朗索瓦·莫里亚克（François Mauriac）到保罗·尼赞（Paul Nizan），从安德烈·塔尔迪厄（André Tardieu）到艾曼纽·穆尼埃（Emmanuel Mounier）以及获得 1922 年龚古尔奖的亨利·贝罗（Henri Béraud），从左派到极右派，所有人愤怒的成分都是相同的，唯一不同的只是添加的调料而已。斯塔维斯基，他是典型的"大富豪"，过着纸醉金迷的奢侈生活，从巴黎的克拉瑞奇酒店（hôtel Claridge）到比亚里茨的皇宫酒店（hôtel du Palais），从香奈儿的模特到希斯巴诺-苏莎（Hispano-Suiza）豪华轿车。斯塔维斯基就是这样一位

---

① 亚历山大·斯塔维斯基（Alexandre Stavisky, 1888—1934），俄裔法国人，因长期进行投机诈骗而暴富，凭借政界的包庇，他多次躲过处罚。1933 年 12 月，他伪造担保并发行债券的勾当终于东窗事发，他随即潜逃。随着对案件的调查，他曾诈骗和贿赂大量政界人士的罪行被公之于世，舆论顿时轰动。

典型的诈骗犯：他可以毫不犹豫地花费一百七十万法郎用于刊登虚假的文字广告，让那些容易上当受骗的人掏空腰包，最终把两千多万法郎都托付给他来管理；他能够在全法国名人显贵组成的社交圈、俱乐部和高级包厢里与这些人称兄道弟；他与共和国的检察官共进晚餐，娴熟地掌握了这位亚历山大先生本人运用了八年之久的拖延手段，从而将自己的诉讼案延后审理了十九次。总而言之，斯塔维斯基无疑是一位"投机败类"，属于那一拨"从乌克兰（他出生于基辅）的垃圾场里匆匆跑来的跨国偏执狂中的一分子，目的是蘸着巴约讷的调料来吃光我们的信贷票据"，他"证明"了所有"无国籍的犹太人"都只想着"玩弄"成千上万"善良的法国人"[1]。即使是他在1934年1月8日的自杀事件，也立即被那些秉持阴谋论的专家以及坚信"一切均堕落"之人夸大渲染："斯塔维斯基用一颗三米开外的子弹自杀。因为他的手臂很长。"这就是《鸭鸣报》的新闻标题。

六十年后，档案资料显示没有任何一只手在幕后转移过那些会造成牵连的文件，也没有任何一只手给左轮手枪装上过子弹。斯塔维斯基的确贿赂过一些没什么钱的人，但不是一整个政客军团，在1934年1月至2月间的报纸上，每天都可以看到很多这

---

① 原文是"bon français"，此处在法语中有一语双关之意，既有"善良的法国人"，又有"法国人的债券"之意。

样的报道。这起事件发生的时机刚好，那时的法国人正需要重新清点那些"臭气熏天的家族"，正是这些家族玷污了一个"已经堕落到离死亡不远的"民族。于是，在这场与世界金融危机同步的阴谋中，国家的蛀虫们突然出现在人们的视线中：无论是贪得无厌的章鱼，还是资本主义的蜘蛛，它们都曾设置陷阱，把"善良的法国人"吞进贪婪的口中。这样的解释既清晰又全面，显示了疏通焦虑情绪的巨大好处。一旦人们被说服并相信是大银行占有了经济、政治，甚至是文化、舆论的隐秘操控机制，斯塔维斯基的丑闻也就不那么令他们困惑了。

从这个角度来看，1934 年 2 月 6 日上演的是一场对幻想和象征性抗议的宣泄，这种幻想和抗议在"一战"后突然涌现，随着经济大萧条而越发剧烈。这一天发生的事件，不是极右分子为了颠覆共和国而策划的阴谋，更不是昔日的战士策动的军事政变，甚至不是法国人之间死灰复燃的战争。涌入协和广场的是那些认为自己从一场噩梦中惊醒的人。他们害怕被国家抛弃，同时也害怕被卖给陌生人，特别是害怕被卖给"外国富豪"。他们高声叫嚷，反对"六百名或头脑昏庸，或过于狡猾，或无能为力的聒噪之人"，他们深信自己被这个世界上所有心怀恶意的人扔进了牢笼，但是，他们仍然期待波旁宫中可以有人为这座牢笼找到出口。他们一边喊一边发出嘘声："滚吧，骗子们！"他们希望时间倒流，想象着以拉罗克上校为首的火十字团①能够建立一支"善良的法国人队伍，摆脱卑鄙政客的阴谋"。

词语的选择为一场精神上的反动赋予了意义。2月6日，示威者们强迫当选的议会遵守一群自认为代表合法性的群众的命令，企图为法兰西——他们一定意义上的理想母亲——完成自1918年起便搁置的著名计划。财政稽查官亨利·杜·穆兰·德·拉巴尔戴特（Henri du Moulin de Labarthète），未来的贝当政府办公室主任，在面对问询委员会时肯定地说道："我们的目标，就是在群众这一唯一力量的推动下，不动用武力潜入波旁宫，在进行必要的辨别之后（我至少认得前议会的三百七十名代表），对那些当选代表进行有力的报复（有力但不血腥），这些人是从一场将法国引入战争和毁灭的普选中选举产生的。"在造成了十五人死亡和一千四百三十五人受伤后，他那自恋式的幻想破灭了。

暴乱之后留下的是创伤。2月6日的暴动是一种付诸行动的反应，却没人对引起这场暴动的丑闻事件给予回应。群众在最短的时间内，以最大的规模和最粗暴的方式宣泄了厌恶之情，这种情绪正反映了他们的担心和加剧膨胀的激愤。他们的行为不是在

---

① 火十字团成立于1927年，本是一个退伍军人协会，1931年被一名叫拉罗克的退役军官接管后，很快成为一个准军事性组织，不仅配备有轻武器，还拥有飞机和大炮。该组织鼓吹效仿德意，在法国建立法西斯政权。

自我净化，而是在粗暴地进行自我鞭笞。于是，加斯东·杜梅格（Gaston Doumergue）作为群众的解救者被推选出来，他"只渴望稳定"。很明显，议会代表们呼唤的是一个能够起到安抚镇痛效果的过去，以解当下的混乱之局。这位在图尔讷弗伊（Tournefeuille）退休归隐的昔日总统当然可以如法炮制一个国家团结的残余政府，任命激进派领袖爱德华·昂里奥（Édouard Henriot）以及前右翼反对派领袖安德烈·塔尔迪厄（André Tardieu）出任国家部长，但是经过补救后的议会仅仅坚持了九个月就垮台了。

这是因为，阴谋的毒汁已经扩散，逐渐使已经成为敌人的对手毒发瘫痪。各自的角色已然明确，演说的讲稿已经写成，人们对丑闻的揭发在不断戏剧化地加剧升级，但是，如果缺乏真正切实的融合工作，一切博弈终将无济于事。即便《格兰古瓦》① 的漫画作者把菲利普·贝当描绘成丑闻的清道夫，可以扫除所谓的阴谋制造机构和来自海外的不受欢迎人士，也无济于事。这位1940年的救世主像极了1934年的杜梅格，以礼貌不足但稳妥有余的态度对待世界上最险恶的那些意图——将"不会说谎的大地"与历史的污泥搅在一起。

---

① 《格兰古瓦》（*Gringoire*）是法国文学和政治周刊，1928年创刊，1944年停刊，是第二次世界大战期间的重要刊物之一，该刊物曾支持菲利普·贝当领导的国民革命。

第十五章　乡愁

1962—2012 年，心心念念的阿尔及利亚

　　1962 年的这个夜晚，恩里克·马西亚斯①的面孔出现在黑白电视的屏幕上。电视节目杂志《头版五栏》（*Cinq Colonnes à la une*）选择介绍这个年轻的小伙子，把他作为经历遭返回国悲剧的代表人物。

> 我离开我的故乡，离开我的家园
> 我的生命，悲伤的生命，步履沉重，毫无缘由。
> 我离开我的太阳，离开我蓝色的大海
> 回忆苏醒了，在我别离许久之后。
> 太阳啊，那远去的故乡的太阳。

---

① 恩里克·马西亚斯（Enrico Macias，1938—　），阿尔及利亚籍犹太人，歌唱家、作曲家，最初成名于法国，在 20 世纪 60 年代和 70 年代举世闻名。

恩里克歌唱的是他与阿尔及利亚的离别，是与他儿时天堂的割舍。对于流亡之人来说，从这些幸福美好的记忆中生出的，是一种作用在个体身上又通过群体联结起来的混沌的感情：乡愁。当时，年轻的艺术家已经在阿让特伊生活了一年，等待着正在向他微笑致意的成功。

1962 年 3 月 18 日，埃维昂莱班，法国政府与阿尔及利亚共和国临时政府签订了阿尔及利亚战争停战协议，彼时这场战争已经持续了八年之久。翌日，双方停火。被称作"黑脚"[①] 的居住在阿尔及利亚的法国人开始大批迁徙，直至年底，共有七十万人穿越地中海。这是阿尔及利亚的法国人与阿尔及利亚本地人的分离，他们中的一部分已经加入了规模宏大的移民运动。这场分离产生了两种战争记忆，以及两种将自身投射在一个殖民时代的历史记忆方式，对于很多人来说，这个时代联结着浓烈的幸福时光，令人难以忘怀。

迁移与混乱

"黑脚"，这第一批逃难的人群，将在此次迁徙中感受到敌

---

① 黑脚（Pied-Noir）是指生活在法属阿尔及利亚的法国或欧洲公民，亦可指 1956 年前生活在法属突尼斯和摩洛哥的法国公民。

意，因为他们知道这是没有回程的离开。罗丝-玛丽·居里-诺丹（Rose-Marie Curie-Nodin）对此十分清楚。她出生在奥兰，1961年11月，她与丈夫匆忙离开了自己的家乡，如今，她已是法国中央大区阿尔及利亚民族主义团体的主席，她对《新共和国报》（*La Nouvelle République*）描述了这种产生于当时被称为"阿尔及利亚事件"的特殊情感：

> 我的心中没有苦涩，只有一股巨大的悲伤。明显的撕扯感，让人难忘。[……]我永远不会忘记我们是怎样匆匆离别了自己的国家，心如刀绞。五十年后，我们的希望就是看到我们的兄弟——哈基人①——的痛苦可以被世人知晓。[……]混乱始于未被信守的诺言。如今，我明白阿尔及利亚不能一直是法国的。[……]但是我们永远无法庆祝3月19日，正是在这一天之后，最恶劣的掠夺开始了，法国军队却再也不能做出行动。

这位七旬老人对抵达法国时的情形还留有悲伤的记忆。她突然遭受了种族主义的折磨，在她的想象中，她在一个本应成为她的避风港的国家被视作外国人。对她而言，这趟旅程不像是回到

---

① 哈基人（Harki）指的是1954年至1962年法国殖民军在阿尔及利亚雇佣的本地军人。

祖国，反而更像是一场逃难。需要一些时间来接受那场遥远的失败！对于这些新的流亡者来说，即使在半个世纪以后，他们心中的伤口仍然难以愈合，无法遗忘。他们年少时代的阿尔及利亚是被赐福的土地，是失落的天堂，可他们却被永远地从那里驱逐。一如拥有同样出身的歌手伊莎贝拉形容的那样，他们是"阿尔及利亚的遇难者"。

被迫抛弃故土的痛苦传给了下一代、再下一代。流亡时期的青年人当上了祖父母，彼时还是幼童的成了父母，他们把家里的小孩子带入梦中，讲述生活的欢乐和甜美。他们美化了过去，那么多男男女女都要在日常生活中承受艰苦环境的过去。

为了让孩子感受这场悲剧的集体性意义，他们有时会带着孩子去朝圣。宗教充当了昨日世界与今日世界的纽带。然而，奥兰大教堂的其中一座雕像——圣克鲁兹圣母（Vierge de Santa Cruz）——被送回了原宗主国，安放在尼姆市的农舍里。自1965年6月19日起，这座雕像所在的地方成了黑脚们每年的集会地，朝拜圣克鲁兹也成了这个群体的共识。达尼埃尔·索里亚诺（Daniel Soriano）是一位来自西班牙家庭的阿尔及利亚法国人，2012年5月，他在接受《南方自由报》（Midi libre）采访时说道，他从来不会错过这个活动。每年，他都会去那里，不仅是为了朝圣，也是为了与其他同样经历遣返苦难的家庭重逢。他总是想起十一岁时到达法国的情景，以及在安德尔-卢瓦尔（Indre-et-Loire）的定居生活，他从此远离了儿时的太阳。如今，他会带着两个女儿去尼姆朝圣，自豪地看着她们在那里又重新找到朋友。仅有一次，他回到了他在奥兰的出生地，和他的太太一起。那个时候，他真真切切地感受到他回到了自己的家，但是他的生活却已在别处。他说的一句感悟颇有看破一切的意味："我有一个祖国，但不再有故乡。"

如今，奥兰是一个吸引朝圣者最多的城市：每月都有上百人沿着同样的路线重返故土。奥兰的黑脚们根据自己的原籍出身形成了不同的社群。像索里亚诺一家的西班牙人与意大利人、马耳他人、德国人、瑞士人以及法国人经常来往，特别的是，法国人的社群中还有来自科西嘉和阿尔萨斯的少数民族。这些群体会组织年度聚会以祝圣圣克鲁兹像。至于阿尔及尔人，他们组成了一个庞大的社群，当参访重新被允许的时候，成员们便开始去阿尔及尔的圣-欧仁（Saint-Eugène）墓地祭拜。那些被遗弃的墓碑让他们心痛不已。20世纪70年代到80年代，到墓地祭拜的人群还很庞大，但是随着年长之人的离世以及政治方针的多元化，参访的频率不断下降。不久以前，极右派曾面向这一人群征兵。如今，这一派的势力不再那么得人心了，即便仍有一帮数量不小的年轻人对极右派的领导表现出好感。

童年的滋味

乡愁与思念的传承，其起始的时间远远早于各种纪念活动，并且不仅仅依赖于家庭的作用。黑脚和哈基人的协会组织了传承记忆和习俗的活动，这些活动既是缓解痛苦的手段，也是将共同命运紧密维系在一起的方式。比如，为撤离阿尔及利亚的法国人捍卫利益的工会联盟（USDIFRA）就拥有一个名为《黑脚技艺》（*Savoir-faire pied-noir*）的期刊。期刊曾组织过一个同名沙龙，放映了一部重新回顾"历史的悲剧"的电影，一群（包括新一代在内的）年轻黑脚在舞台上表演流亡前的生活，当然，最后每个人都品尝了童年时代的传统食物。

乡愁似乎无穷无尽，镌刻在家庭文化的记忆中，仿佛一种挥之不去的痛楚。2001 年，也就是离开阿尔及利亚五十年之后，恩里克·马西亚斯又重新唱起了他的成名曲，只是声调更为缓和。暴力与造成破裂的鞭笞被遗忘了，留下的只有土地的魅力和昨日世界微妙的芬芳。整张唱片是由他的儿子——制作人让-克洛德·格纳西亚（Jean-Claude Ghenassia）设计的，克洛德借用了安达卢西亚音乐的旋律，因为他的家庭就是在这样的旋律中将他抚养长大的。他的细腻感情也体现在了歌词中：

一颗心如鼓点般咚咚跳动

我从眼睑后面重新看见

洁白的路通向山丘

还有苦橙子的气味

我的心底再次浮现

白鹡鸰轻盈的歌声

昔日洁白的床单

还有苦橙子的气味

当巴黎沉沉睡去的时候，这乡愁，既甜蜜又苦涩，将他缠绕。黑脚们，这些永恒的流亡者，很难从这场伤怀中痊愈。是的，哀伤已经过去，而回忆永久留存。

被束缚的青春时代

我们是否可以对那些在战争时期来到阿尔及利亚的法国入伍青年和职业军人做出同样的描述呢？对于军官而言，启程已经意味着失败，而对于那些极端激进分子来说，启程则意味着走向叛变，意味着加入法国秘密军组织（OAS），从而让法兰西的阿尔及利亚之梦再燃烧一段时间。如今，对变节者的陆续赦免已经了结了他们与国家之间的冲突。光荣之梦逐渐被人遗忘，因为核武器的威慑力赋予了军队另一种强大的感觉，掩盖了之前被视为耻辱的撤退。对于那个时代的入伍青年而言，他们时常处在另一种逻辑之下：年轻的士兵响应号召，需要在法国的海外省进行一次长期的军事服役。他们那时大多刚满二十岁的年纪，这样的经历对他们来说像是一场冒险。到达当地以后，他们从当时还不被称为"战争"的维持秩序的任务中发现了暴力。他们需要长时间扫荡行军，逼迫百姓迁移；他们需要站岗，有时甚至眼看着同伴在自己身旁死去。阿尔及利亚是一块让他们的青春忍受束缚的土地。有些士兵对那段时期缄默不语，或者只与熟悉的同伴说起。另一些士兵，或是因为找到了自豪的理由，或是因为拒绝承认不该属于自己的耻辱，对这个幸或不幸的时代表达了自己的看法。歌手塞尔日·拉玛（Serge Lama）就属于后者，1962 年，他跟随最后一支应征队伍出发，去哈马吉尔（Hammaguir）服役。不久后，他返回法国，开启了自己的艺术生涯。1975 年，他写了一首名为《阿尔及利亚》的歌，其中提到了他向着这块未知的、让人向往又令人生畏的土地出发时的情景：

> 一座港口，只是一座港口，但在我的记忆中
> 有些夜晚，我身不由己地看见自己返回
> 那艘监狱般的船，浸湿的桥
> 那时的阿尔及尔在地平线的尽头向我微笑

......

被天穹压垮的

阿尔及利亚

曾是我们憎恶的

一场冒险

从沙漠到卜利达的阿尔及利亚

就是我们启程当小兵的地方

阿尔及利亚

无论是否带上步枪

它仍是一个美丽的国家

阿尔及利亚

真实的体验走进了回忆，但是，在这首歌里，抛洒下的泪水更多的是为了一场远去的青春所怀有的忧伤记忆，而不是为了失去的家园。对入伍青年拉玛来说，道德问题并不存在，他只是履行自己的义务、响应国家征召而已。还有一些人则走上了反抗的道路。然而，历史却与他们的回忆开了个讽刺的玩笑。

对北非家乡的承诺

离开阿尔及利亚不是失败者唯一的标记，黑脚们，尤其是哈基人，将在之后的几十年里被法国视为贱民。他们是昔日的法国殖民军在当地雇佣的本地军人，曾是法国军队的补充力量。面对阿尔及利亚的新主人——驻扎在国境线上的阿尔及利亚民族解放阵线（FLN）和民族解放军（ALN），他们必须选择逃离。哈基人如今聚集在法国南部的营地，被他们曾经渴望捍卫的国家几乎完全排斥。这些阿拉伯人或卡比尔人默默忍受着日复一日的羞辱。他们的子女们将会重新抬起头来。

但是，来自阿尔及利亚的劳工移民同时塑造了另外一种对昔日殖民地的怀念之情。在法国，这场移民潮自第二次世界大战之后开始，一直持续到 20 世纪 70 年代中期，那个时候，由于经济低迷，政府决定采取初步措施遏制危机。因此，一大批阿尔及利亚少数族群来到宗主国居住。首先，男人们独自到来，他们希望可以迅速积累财富之后回到"北非家乡"，回到那个讲阿拉伯语的国家，回到家人身边。他们中的大部分通常居住在一些不稳定的居民区，比如楠泰尔（Nanterre）的贫民窟。他们希望阿尔及利亚独立，并且缴纳阿尔及利亚民族解放阵线征收的赋税。他们对民族独立的渴望还伴随着 20 世纪 70 年代中期回归自由国家的计划。实际上，就像移民社会学家阿布戴玛莱克·萨亚德（Abdelmalek Sayad）所说，他们被暂时的幻觉蛊惑了："有理由强调，移民们倾向于越来越长久地以移民的身份'定居'。"由此，他特别指出来自阿尔及利亚的劳工移民在长期定居方面遇到的问题，以及他们找不到归属感的境况。这些移民即使加入了法国国籍，仍然觉得自己是阿尔及利亚人，他们的祖国依然在大海的另一边。这位社会学家补充道："没有移民会自始至终都对自己的初始身份抱有天真的幻想。回归家乡固然是所有移民的渴望和梦想，这对他们来说意味着恢复视力，重见盲人不得见的光明，但是他们同样知道，这是一件不可能完成的任务。那么，留给他们的就只有在无法抚平的怀念和乡愁中逃避了。"

因此，阿尔及利亚移民同样也对自己的故乡怀有思恋惆怅之情。但是，与黑脚的不同之处在于，他们没有被这片土地连根拔除；理论上讲，那里仍然是他们可以返回的地方。很快，有些劳工移民就因家庭团聚的政策得以与他们的妻子团聚，而后他们又为人父母，于是更希望有朝一日回到"北非家乡"。这些"先驱者"不仅满怀乡愁，而且还期望回到家乡后过上更好的生活。这是一个以胜利者的身份回到幸福之乡的神话，他们的口袋里会塞满金钱，足以为全家买一栋大别墅，为女儿们购置体面的嫁妆。随着时间的车轮无情地碾过几十年的轨迹，这个神话传给了他们的孩子，甚至他们的孙辈。子孙后代会对父母的牺牲深感尊重，那是在法国辛苦劳作的一生。

在等待最终回到北非家乡的期间，这些家庭每年都会回家乡度过暑假，有时是为了建造日后供世代子孙团聚的别墅。2012年7月，《世界报》描绘了其中两个出身平民阶层的家庭。泥瓦匠拉克达尔·祖拉尼（Lakdar Zourane）一家每年夏天都会回阿尔及利亚，已有三十多年都是如此。如今已经长大的女儿们虽已独立，且开启了前程似锦的职业生涯，但是她们依然无法舍弃这个习惯。她们的父亲能够细数他从 1962 年到达佩里戈尔（Périgord）以来走过的道路，今后，他希望可以在他的第二居所度过更长的岁月，如今他已经没有了紧迫的工作义务。至于尤塞夫·盖那兹（Youcef Guennaz），他是出生六个月后在妈妈的怀中来到法国的。他花了三十六年的时间改造他的别墅，这栋别墅是他在 1976 年第一次回到位于阿尔及尔南部的乌尔谢卜勒（Ouled Chebel）时购买的。现在，他正在对这个占地六百平方米、好似宫殿般的别墅进行最后的收尾工程，但这里仍然只是一处第二居所。

短暂的回归充满了矛盾，祖拉尼的女儿们的例子令人动容。她们每年都回阿尔及利亚，虽然可以在此工作、定居，但是她们却没有这样做。她们面临这样困窘的处境：成长过程中，她们感觉自己是阿尔及利亚人，但是从法律和事实上来讲，她们是法国人。

歌手福代尔（Faudel）于 1978 年出生在芒特拉若利（Mantes-la-Jolie），他的作品的意义之于法国的这一代阿尔及利亚人一如恩里克·马西亚斯的作品的意义之于过去的阿尔及利亚法国人。2006 年，在他的成名歌曲《我的家乡》（*Mon pays*）

中，这位小王子展现了一种意识的演变：昔日的接收国已然成为他们最重要的扎根立足之地。

> 我不了解那个太阳
>
> 它在绵延无尽的沙丘上燃烧
>
> 我不了解别的土地
>
> 除了那个向我伸出手的国家
>
> 如果有朝一日我从这里出发
>
> 就让我穿越沙漠
>
> 去看看我生命由来的地方
>
> 去看看我父亲嬉戏的街道
>
> 我，在巴黎腹地出生
>
> 裹着这样的风，这样的雨
>
> 我永远不会忘记
>
> 我的家乡
>
> 我的家乡

然后他总结道：

> 在我的城市的长椅上
>
> 有那么多

有那么多朋友让我不能忘怀

我是在这里出生

我是在这里出生

　　父母传承给子女的是劳工移民的痛苦，他们因移居时的艰苦条件、融入社会的困难和背井离乡的伤痛而感到沮丧。过去的经历让他们形成一个群体，这个群体忙于回忆往昔而不是建设在法国的未来。过去成了融入社会的障碍。战前到达法国的意大利人同样经受了创伤，作为这些人中的一员，皮埃尔·米勒扎（Pierre Milza）之后成为历史学家。与这些意大利人相反的是，阿尔及利亚移民的子女们在融入社会时更是困难重重，因为他们的父母从来没有将法国视为一个欢迎他们的国家，而是把它当作一块流亡之地。但是，从 20 世纪 80 年代开始，移民运动走上了另一个方向。1983 年发生的"布尔斯之路"①，以及后来的反种族主义紧急救援组织（SOS racisme）的斗士们进一步促进了福代尔的歌中所唱出的认同感：从今以后，他们的未来将在他们童年生长的土地上展开。这些把俚语说得比小"高卢人"还好的移民后代将成为城市新兴无产阶级的发言人。他们懂得如何开展政

────────────────────

① "布尔斯之路"（la marche des beurs）是 1983 年北非后裔组织的寻求平等与反种族主义游行。

174

治行动以及找到社会阶级晋升之路，比如，法德拉·阿玛拉（Fadela Amara）、拉齐达·达蒂（Rachida Dati）等名人进入政府任职，再比如拉兹·哈马迪（Razzy Hammadi）在议会选举中获胜。对于这些"年轻人"来说，乡愁不复存在，甚至受到了质疑，正如另一位阿尔及利亚裔歌手哈希德·塔哈（Rachid Taha）唱的那样："乡愁是倒退，伤感是解药。"应该忘记前者，依靠后者。

两个群体仿佛两条河，被过去的堤岸分隔，在他们之间，乡愁延续着它神秘的轨迹。如今，黑脚们仍然宣称自己是阿尔及利亚法国人。出身移民家庭的法国人则看淡了他们的父母坚信不疑的荣归故里的神话。在这两个拥有回忆的群体中滋生了差异与对立，每一方都指责对方的乡愁是有害的。对于过去的阿尔及利亚法国人来说，迁移体现了他们被排斥的悲剧，他们想要阻止来自马格里布的大量移民定居，特别是在法国南部定居，这一愿望正是他们自身挫败感的反向写照。而同样一段悲痛的历史却长期在阿尔及利亚移民中助长了一种充满恶意的排斥，他们排挤那些对法国人在地中海对岸的生活痕迹有所怀恋的人。用历史学家帕斯卡尔·布朗夏尔（Pascal Blanchard）和尼古拉·邦塞尔（Nicolas Bancel）使用的"殖民断裂"一词来形容两个群体之间的鸿沟再合适不过。它表明了一种看待过去的方式，这段过往的历史阻碍了共同计划的建立，即便昔日的殖民者与被殖民者如今处在同一体制下且拥有共同的生活，即便移民与黑脚从此享有相同的权利。他们的心中向往着那个在某种意义上已经把双方都排斥在外的阿尔及利亚伊甸园，也因此争相为一个业已消失的世界不断制造着对立和冲突。不幸的是，当对过去的思考不再是为了服务共同生活，而是为了让地方本位主义的火焰持续燃烧的时候，当利用伤疤来确认身份认同的时候，历史的教训起不到任何帮助作用。献给一个庞大群体的歌曲最终要以颂扬差异作为结束，而多样性的深层价值也正体现于此。

第十六章　悲痛

1963 年 11 月 22 日，约翰·肯尼迪遇刺

1963 年 11 月 22 日，美国主要电视网 CBS 播放的电视连续剧《地球照转》（*As the World Turns*）一如既往，播放着没完没了、矫揉造作的剧集。下午 1 时 40 分，一段字幕突然出现在电视屏幕上。黑色的背景上仅仅写着"CBS 新闻公告"几个字，随即，播报者的声音响起："在得克萨斯州达拉斯市的市中心，总统的座驾被三发子弹击中。第一份报告指出总统在此次枪击中受了重伤。更全面的消息正在跟进……总统的伤势可能是致命的。"

在达拉斯医院急诊中心的入口，人们正在焦急等待着约翰·肯尼迪的消息。他的死讯引发了如潮的泪水。一位因悲伤而面部扭曲的护士出现在 CBS 的电视屏幕上，从这张面孔上可以想见这个消息的冲击力之大。男人们像受到重击的拳击手一样站在那里。记者找到的枪击案目击者们痛苦地描述着事情的经过。一个

四十岁左右、褐色头发的男人叙述不久便泣不成声。采访者安慰他："会过去的，先生。"

这是一个特殊事件，却不是第一次发生，也不是美国历史上的罕事。约翰·肯尼迪是第十一位被列为刺杀目标的总统，也是第四位遇害的总统。但是，他是唯一一位因其去世让人深感悲痛的国家领袖，似乎人们失去的是一位家庭成员。更令人诧异的是，这个家庭既没有国界也没有党派之分。从巴黎到莫斯科，行人们在街上停下脚步，沉浸在报纸特刊的阅读中，仿佛一场世界大战已经爆发。一种前所未有的凝聚力让全世界的公民同时体验到被社会学家埃德加·莫兰（Edgar Morin）称作"心悸"的感受，在这种来势凶猛的情感之后到来的是难以名状的巨大悲痛。历史直接地呈现了死亡的影像，这是人们原以为在战场上才能看到的。突然间，近景与远景不再有分别，它们都被犯罪的舞台所吞没。

实际上，正是在达拉斯上演了这悲剧性的一幕，而后，一个男人才变成了一个被世人神化的对象。在达拉斯这座城市，每年被谋杀的人数比整个欧洲的总和还要多，因此，城市有了一个别名——"仇恨之城"，仿佛这里所有的居民共同承担着这份罪恶感。化身为安提戈涅的美丽的遗孀杰奎琳执意穿着她那身血迹斑斑的粉色西服套装，说道："让他们看看自己都做了些什么。"她采取的是一种加倍谴责的姿态。在这起事件里甚至没有一个完美的罪犯，"无名先生"——李·哈维·奥斯瓦尔德（Lee Harvey Oswald）——过于狭窄的肩膀怎能肩负起如此沉重的悲剧的罪责。一场世俗化的祝圣仪式很快准备就绪，其中投入角色的有肯尼迪家族、美国联邦政府、民主党人士，以及担当古代唱诗班角色的各路媒体，他们是这个正在形成的历史传奇的缔造者和歌颂者。

有人说，正因为总统的死亡既是家事又是国事，所以造成的打击才更加强烈。实际上，肯尼迪的离世意味着美国公民失去了一位像"邻居"一样熟悉的朋友，次年，沃尔珀（Wolper）拍摄影片向这位伟人致敬时这样形容。他的家庭曾经占据了最受欢迎的报纸和杂志的封面，比如法国《巴黎竞赛报》（Paris Match）。特别是每周都会发行近八百万册的美国著名杂志《生活》（Life）也介绍过他的宅邸和家庭成员，展示了小约翰在椭圆形办公室里趴在父亲脚边玩耍的情景。第一夫人成了时尚界的风向标。这对神仙眷侣的影像曾多么令人感到舒心，杰奎琳也在1960年的总统竞选中说过："她热爱与约翰一起生活。"

约翰·肯尼迪死亡当日，媒体特别强调了他身上令人感到亲切的人情味。CBS 电视台还推出了一档总统的生活回顾节目。他在练习帆船或马术的时候春风满面；他在游泳池边笑意盈盈地怀抱着女儿卡罗琳，然后和孩子们在水中嬉戏。这些影像伴随着古典音乐，加重了死亡时刻的悲怆：钢琴奏鸣曲和交响乐让人们想到好莱坞式的悲情场景。乐声掀动起绵延不绝的情感波涛。人们汹涌的情感还影响了主持人随后对总统政绩的朗读，其中没有任何批评。相反，电视评论员通过对总统的赞扬来寻求民众对其政绩的一致认同。

总统遇刺事件因大众传媒的处理方式产生了一种情感效应，而为他举行的国葬则增添了一层额外的意义。联邦政府扮演了仪式主持人的角色。国家元首的遗体被护送回乡，而后在白官展示给众位亲友，接着又在国会大厦展示给公众。11 月 24 日和 25 日是约翰逊总统决定的正式国葬日，大约五十万人在附近的四个街区耐心等待着向死者致敬。葬礼上，最高法院院长厄尔·沃伦（Earl Warren）宣读了悼词。他是这样开场的："在国民的生活中，鲜有事件比一位总统的离世更能如此强烈地触动我们的内心，更能让所有美国人团结得如此紧密。"随后他又补充："我们感到伤心、震惊、困惑。约翰·菲茨杰拉德·肯尼迪，一位伟人，一位优秀的总统，所有善良之人的朋友，一位对人类平等和尊严怀有信仰之人，一位为正义而奋斗的战士，一位和平的宣扬者，因为凶手射出的子弹而永远地离开了我们。"

沃伦的颂词将总统的功绩、罪行的发生、集体的痛苦和肯尼迪的个人品质融在一起。随后的葬礼尽管遵守了严格的仪式，但也同时让个人的情感得以通过相同的逻辑展示在公众面前。约一百万人加入了送葬的队列。肯尼迪的遗体被放在炮架上，首先被运到圣玛窦主教座堂——肯尼迪是这个国家第一位信仰天主教的总统。然后，送葬队列再次出发，前往阿灵顿国家公墓，这座公墓中安葬着约四十年前死去的无名士兵。在此，名人的葬礼形成了强烈的反差，伴随送葬车队的是一支载有十九位国王、王后和总统的车队，以及九十多个国家的代表。全世界都通过电视屏幕密切关注着由美国三个国家电视网络——CBS、NBC 和 ABC——直播的葬礼。每个人都对总统的子女们表现出的庄重赞赏有加，但是一个画面却激发了人们强烈的共鸣。走出大教堂后，当总统的灵柩从他的家人面前经过的时候，杰奎琳在刚过三岁生日的儿子小约翰耳边悄悄说了一句话，小家伙立即立正站好，向父亲的遗体致意。所有在场的摄影师都永久地记录下了这一幕，它融合了孩童的天真稚嫩和稍显老派的庄重肃穆。媒体在肯尼迪家族中重新找到了合众国荣耀的家族典范，并对其赞不绝口。

此时此刻，约翰·肯尼迪的形象还不是一种世俗的信仰，但它已经成为青春破碎与意志破灭的象征。每个人都能把自己代入到他的形象中，从而联想到自身的死亡，联想到突然发生在亲友身上的不幸。但是，新神话的缔造还缺少一位历史样板人物。1963 年 12 月 6 日，《生活》杂志刊发了一期悼念总统的特刊，其中有一篇是对杰奎琳·肯尼迪的访谈。前第一夫人在肯尼迪家族位于海恩尼斯港的宅邸接见了记者西奥多·怀特（Theodore White）。她对其透露她渴望在新总统夫妇上任的时刻，缅怀她的丈夫。她认为自己有责任做出将丈夫载入史册的请求。一则逸事成了这篇文章的亮点。据杰奎琳回忆，她的丈夫喜欢在晚上睡前听一张唱片，唱片是关于卡米洛特①的音乐剧，剧里最后的几句台词是："不要忘记，曾经在某个时刻，在某个极短的瞬间迸发了一束光芒，它叫作卡米洛特。"

约翰·肯尼迪，抑或称现代的亚瑟王，他曾经在其身边聚集了众多圆桌骑士，他死去的时候是一位英雄。卡米洛特的比喻很快占据了报纸和媒体，成为人们称呼肯尼迪政权的一个持久的主题，对于这一政权，全世界都在赞誉它的廉洁、慷慨和高效。肯尼迪去世一周之后，在这位亡故总统的身上就已经集中了一位殉道圣人的所有特点。

肯尼迪神话

约翰·肯尼迪的神话成了一个新的政治运动的起点。他在民主党内部的大多数亲信将希望寄托在了他的弟弟罗伯特身上，后者在第二年主持了总统的纪念仪式，并在总统逝世一周年之际召集了四万名士兵护送他至总统的墓碑前。罗伯特·肯尼迪在采访

---

① 卡米洛特（Camelot）是传说中亚瑟王的宫殿所在地，是亚瑟王和他的圆桌骑士团缔造的理想王国，美国人常用它来比喻肯尼迪政权。

中用"约翰的冲力"来定义他的政治理想。因此,悲伤不再是震惊错愕,它成为一个集体计划的动力和基础。

激动人心的突变发生在 1964 年民主党国会选举之时。当罗伯特·肯尼迪走上台的时候,他无法进行演讲,因为在长达二十多分钟的时间里,代表们持续向他欢呼喝彩。尽管会议主席提请恢复秩序,尽管罗伯特本人努力想要讲话,但是他必须默默地接受这种致敬,克制自己的情绪,就像在电视中出现时被问及自己的哥哥时那样。若要和他的哥哥对比,这种反差就更为明显,因为约翰·肯尼迪总是依靠即兴发挥和幽默感来为他的政治形象增添一种年轻的色彩,而罗伯特·肯尼迪依靠的既有这股冲劲,又有将遇刺总统的记忆神圣化的感情。他继续呼吁他的支持者们加入他一年一度在阿灵顿举行的悼念活动,而后的追随者也的确越来越多。1967 年,约翰·肯尼迪的遗体甚至一度要在两周内被转移到二十米以外的地方,因为需要加固因访客踩踏而遭到损坏的家族墓地。

在之后的一年里,约翰·肯尼迪民权斗争之路的同伴马丁·路德·金也遇刺身亡,不仅如此,罗伯特在选举时遇刺身亡又让五年前民众体验到的情感再次复燃。然而这一次,国家没有为罗伯特举行国葬。这位总统候选人生前要求尽可能地保持低调,于是葬礼在夜间举行,在场的只有亲友。罗伯特·肯尼迪在约翰的身边长眠,他的身影悄悄地隐藏在哥哥的影子里。第二次谋杀仿佛是对第一次谋杀的增补。公众很快将两次谋杀联系起来，展开了一场针对阴暗残暴力量的、争取正义和平等的斗争。

约翰·肯尼迪的神话之所以能够长存，或许是因为一种在众多政治事件的发生和媒体的渲染之下而不断加强的对家族、友情和党派的崇拜之情。关于总统与玛丽莲·梦露之间的谣言，以及有关他对各种女人迷恋至深的传闻，都被一一辩驳。由于在总统个人感情生活方面缺乏确凿的证据，反而更增添了这位现代卡米洛特王身上的光环，使其散发出好莱坞式的迷人光彩。

最终，1975 年，一件丑闻打破了平衡。在水门事件发生翌日，想要抹黑民主党形象的共和党议员向媒体揭发约翰·肯尼迪和朱迪思·坎贝尔·埃克斯纳（Judith Campbell Exner）之间的关系。后者被曝曾与总统有染，同时她也是美国黑手党著名首领之一萨姆·詹卡那（Sam Giancana）的情妇。人们由此猜想这位政治家曾与黑帮利益串通勾结……更糟糕的是，朱迪思·坎贝尔在若干年后明确表示，刺杀肯尼迪的行动可能受到了黑手党的资助，因为他们对肯尼迪违背了竞选时的承诺而感到不满。

抨击肯尼迪家族成了记者和评论员争相进行的集体活动。他们的攻击集中在约翰·肯尼迪生前的私生活。诡异的反转是，在损毁这一神话的过程中，政治下降为次要因素。这是因为，肯尼迪的支持者们坚决捍卫他在党派传承和政府经验方面的贡献。古巴导弹危机的应对成为在学校里值得研究的决策典范，他面对社会问题和种族歧视问题时提出的方针也相继成为里根执政模式的参考。至于猪湾事件，其失败的责任被归到了他在中央情报局的敌人的头上。

肯尼迪的阴暗面和光明面最终组成了两个不为人知、却又在同一神话的发酵中相互补充的传奇。在这位圣人殉道二十五周年纪念之际，出现了很多纪录片、悼念仪式和出版物。1991 年，奥利弗·斯通（Oliver Stone）自编自导了《刺杀肯尼迪》（*JFK*）。这是一部围绕总统遇刺事件拍摄的电影巨制，片中，市民亚伯拉罕·扎普鲁德（Abraham Zapruder）在事件当天偷偷拍下的影像仿佛组成了一条不断被重走的背负十字架的受难之路。

1994 年，当杰奎琳·肯尼迪踏上黄泉之时，人们的悲伤再次被唤醒。对于整整一代人而言，曾经的奥纳西斯夫人就是哀痛的化身。她的葬礼将每个人都带回到三十多年前。这一次，肯尼迪家族的代表是泰德，他在悼词中回忆道："在 1963 年那永无止境的四天里，是她让我们作为家人，也作为这个国家的一员，紧紧地团结在一起。"在纽约的圣依纳爵堂里，站在卡罗琳和小约翰旁边的是希拉里·克林顿，她也是一位总统夫人，每个人都从时任总统的身上看到了伟人的影子。在稍远一点的地方，七百名嘉宾出席了葬礼，仿佛他们是昔日战斗中的忠诚挚友。

因总统离世而引发的悲伤本可以就此结束，然而，小约翰也不幸在一次飞机事故中丧生，与他同行的还有他的妻子以及妻子的姐姐。他们的死亡让舆论一片哗然。在新一轮掀起的感情中，明确地存在肯尼迪神圣化过程中极易被人忽视的一个方面：一种迷信围绕着肯尼迪家族。大部分公众认为这个家族是诅咒的受害者；还有一条线索显示出被暗杀的总统的形象所具有的宗教意味。在抛弃了财富和生活的欢乐之后，成为圣人首先意味着苦难和挣扎。谋杀事件代表的不幸斩断了政治信仰的普通界限。这种信仰不再是公共行动、法律、政令和权力的任命，而是成了一种对带有超自然性质的死亡之身的笃信。个体的生命被注入到这个神话人物的体内，即便是他的放纵也被设定为超乎寻常的。约翰·肯尼迪因此逃脱了冷漠的指责。他的神话凝聚了我们的期望，我们期望生命是有意义的，期望有人能够为集体的利益牺牲自我，以此应对世界的乱象。约翰·肯尼迪在世俗社会的封圣就这样对应了一个宗教退隐但人们对信仰的热忱依然如故的时代。

每当一位新的民主党候选人出现的时候，我们都可以感受到这个神话的感召力量。希望有一位年轻而热情的候选人，能够将这份悲伤与痛苦交织的历史遗产转化成一种让人喜悦的爆发力。就像巴拉克·奥巴马所做的那样，这份历史遗产变成了一种光环，这独特的光芒环绕在新赢家的周身，让民众（在一场幻觉中？）重新看到卡米洛特王宫城墙的重生，并再次点燃对正义、团结与和平圣杯的至高追求。

第十七章　惊叹

1969 年 7 月 21 日，登上月球第一人

　　"这一新的事件与奇迹给我们带来的冲击如此巨大，让人不得不对这场历史性的、超人类的冒险进行思索，我们所有人，作为电视机前惊叹不已的观众，都以某种同样堪称奇迹的方式目睹了这场历险。"连教皇保罗六世都觉得这是一件令人难以置信的事情！　1969 年 7 月 23 日，地球上的居民都屏住呼吸等待着三名宇航员，他们已经在前一天晚上完成了那个与人类历史同样悠久的古老梦想，此时，教皇对他的信众们以颂词的形式作出了这番演讲。在长达几个小时的时间里，被电视画面牢牢吸引的六亿观众虽因疲惫而感到困倦，却也被这场不同寻常的历险深深震撼着，难以回归现实。仅仅几个小时，一度被认为代表了一切宇宙空间的那个星球已经缩小成一个家庭庇护所的规模，探险家和先驱者不断拓展的宇宙边界突然间转变了方向。

　　1969 年 7 月 21 日，阿波罗计划的机组人员佩戴上 11 号标

187

志。之前已经有十个三人小组已经先于他们进入了太空，为他们开拓路线，但是真正承担风险的实地探测要由尼尔·阿姆斯特朗来完成。媒体非常严谨地对这部令人凝神屏息的连续剧的进程逐日进行报道。从年初开始，大量刊印的报纸和杂志都在追踪NASA的日程安排。它们增加了相关文章的撰写，在新闻报道和采访的同时附加了许多高尖端的解释性图表和框架。这是因为那些正在书写历史的功勋卓著的英雄，将冒险家们的大胆和想象，以及一整套从很大程度上得益于爱因斯坦研究成果的理论，还有在战斗中磨炼出的技术技能，结合在了一起。1969年春的一系列尝试增强了舆论的仰慕之情，并使舆论越来越有兴趣聆听这个童话故事。在这个现代版的童话故事中，脆弱的人类要着手挑战宇宙的运行法则，以期更好地将这些法则为己所用。就像人们在故事中看到的那样，英雄们的寻觅过程中总会出现一些至关重要的遭遇。阿波罗9号在3月完成的测试以及阿波罗10号在5月完成的测试明确表明，NASA所采用的部署是可行的。一切都建立在杂技演员所运用的金字塔原理之上：为了节节升高，一个重量轻的人要叠在一个更重的人身上，而后者则被一个更为结实的主体支撑着。这个更为结实的主体就是重达三千吨的土星号火箭，作为运载火箭，它为一个指挥舱和一个登月舱服务。指挥舱确保飞行中的大部分航程顺利进行。在与月球的一个合理距离内，它会让登月舱分离，从而完成最终的登月任务。当两名宇航员在非常狭小的登月舱内，尽可能仔细地监控追踪由NASA工程师们设定的角度时，第三名宇航员则要待在继续围绕地球转动的指挥舱中，这就是登月任务的原理。任务的实践需要由机组人员完成，所有被录用的人员都是航空军校以及著名的麻省理工学院的佼佼者。阿波罗9号和之后停在距月球仅仅十五千米处的阿波罗10号都取得了成功，值得让位于休斯顿的主创们获得一支雪茄烟。这一行为从此成了一种惯例。

专家和公众都开始任梦想驰骋。不可能完成的部分似乎在于火箭的射程。喷气式飞机的时代的确驯服了蓝天，伊卡洛斯①的诅咒退守到太空界限。自此以后，激动的心情超越了心中的恐惧。被NASA选中的三名宇航员——奥尔德林、阿姆斯特朗和科林斯积累了上百小时的训练经验，身穿二十五千克重的宇航服采集标本，在这样的训练下，他们的技术日臻完善。接着，最疯狂的发射计划出现了：在接下来的三年里预计有九次登月任务；1977年，排列成一条直线的木星、土星、天王星和海王星将会被一座无人驾驶舱在长达九年的运行中逐一访问，这一运行计划叫作"大环游"。为什么不想象一艘自主运行的太空飞船用于连接未来的空间站呢？一位生物学家从他的角度出发，打算在月球

————————

① 伊卡洛斯（Icare）是希腊神话中代达罗斯的儿子，他与代达罗斯使用蜡造的翼逃离克里特岛时，因飞得太高，双翼遭太阳熔化跌落水中丧生。

上建造一个蔬果园，个头巨大的生菜将会在有史以来最短的时间内生长出来。一群青少年欣赏着阿波罗8号拍摄的行星照，它已经成为炙手可热的海报画，全世界的科学家面对向他们敞开的种种应用研究领域感到头晕目眩：对1905年以来的前沿物理理论进行实证；从宇宙空间探索地球对抗饥荒和大型自然灾害的可能性；在宇宙空间建立工厂，或可生产同时具备钢铁坚固性以及胶合板轻盈重量的金属。

确保人类掌握物理法则且不犯下任何损害自然的罪行，这是今后进行一切行动的前提条件。检验真相的时刻定格在7月16日。当佛罗里达州的太阳开始炙烤卡纳维拉尔角的沼泽之时，土星5号这个庞然大物已经在发射场地上就位了。早晨9时30分，室外气温达到三十五摄氏度，尽管没有遮阳的地方，一百万观众仍然耐心等候了四个小时。站在他们中间的是已卸任的总统林登·约翰逊和副总统阿格纽。人们以手遮光，眼睛为了抵御强光的照射眯成一条缝，聚精会神地等候点火的一刻。当大地在引擎的冲力下开始震动的时候，一句热切又令人窒息的咒语冲向天空："冲！冲！冲！"土星号用尽其所有的技术能量和神话力量升腾起来。纯净的天空很快让人们看到机舱在距离地球六十五千米远的地方分离。在指挥台前，负责这第一阶段任务的团队整齐地站立着，仿佛融为一体，灿烂的微笑让他们的脸上泛起褶皱。在媒体厅，三千五百名受邀记者可以再次翻阅那本长达二百五十页的新闻资料包了，这是 NASA 特别为他们制作的。

当全球三十六个电视频道都准备就绪的时候，埃德温·巴兹·奥尔德林、迈克尔·科林斯和尼尔·阿姆斯特朗正在以每小时二百五十千米的垂直速度和每小时三千千米的水平速度在最大压强下飞速上升。NASA 非常清楚这一事件在历史上的重要地位，因此为登月舱装配了能够直播任务操作情况的外部摄影机。正是得益于这些摄影机，地球上的人们将可以在几天里经历一场史无前例的星球共通体验。7 月 20 日 21 时 17 分（法国时间），登月舱降落在静海基地。在机舱中的是阿姆斯特朗和奥尔德林。受到张力挤压的胸腔可以暂时得到舒缓："鹰"号登月舱笔直地挺立着。它将带来关于土壤性质的首个指示，这是整个飞行任务中最大的未知数，同时也是飞行成功的条件。NASA 的专家们之前做过若干假设：月球上的土壤可能有若干米深，具有黏性，或许会被登月舱排放的气体分解，从而在某个时刻形成一个火山口；或者，月球的土壤质地是超高密度的岩石，突然接触会造成鹰爪撕裂……登月舱成功着陆了；漫长的等待开始了。按照飞行计划，宇航员首先要对登月舱进行全面检查，接着吃饭，休息四小时，吃下一顿饭。3 时 56 分，尼尔·阿姆斯特朗走向舷梯，紧随他的是固定在登月舱窗口的、如同审查官眼睛般的摄影机镜头。在卡纳维拉尔角的航天中心，所有在场的人都高度警惕，屏息凝神地看着他小心翼翼地行进。无线电联络对接完成，阿姆斯特朗沉稳的嗓音穿透了空间中的嘈杂之声。他以一名科学家的身份，沉着稳重地汇报他周围的环境："土壤质地良好。"尽管月球上的重力是地球的六分之一，但是并没有出现什么不好的意外情况。在两个客观的数据之间，他以最大的克制插入了一句个人的脚注："这是我个人的一小步，却是人类的一大步。"

在此期间，从月球传来的画面在电视屏幕上转播，被那些选中来庆祝这场现代礼拜仪式的记者进行着言辞简洁的评论。

西哈诺·德·贝热拉克（Cyrano de Bergerac）以及儒勒·凡尔纳的梦想变成了现实。这一壮举满足并唤醒了人们对超验性的渴望，并促使人们重新阅读关于生灵物种起源的重要故事，既有神话范畴的，也有人类学和宗教范畴的。人们回顾的首先是移民美国的一位名叫沃纳·冯·布劳恩（Wernher von Braun）的德国人的杰作，他是 V2 火箭——希特勒曾希望借此摧毁英国——的创世之父。人们不确定的是，昔日的纳粹分子会因成为阿波罗火箭的推动者而着手进行一个向往和平的计划。因为，1969 年 7 月 21 日，在距离地球约四十五万千米的地方发生的事情不仅仅是一项科技上的壮举，或是一场不同寻常的人类冒险，它同样也是西方对东方的阶段性胜利。

1961 年，当约翰·肯尼迪在最高法院演讲的时候，谁曾想到不到十年的时间里一名美国人将会成为第一个踏上月球的人？那一天，美国舆论指责，相比正与其冷战的苏联，美国人在太空领域明显落后了。自从 1955 年两个超级大国宣布发射人造卫星以后，斯普特尼克 1 号于 1957 年 10 月成功进入轨道，为苏联人争得了先机。此后差距不断扩大：1957 年 11 月 3 日，流浪雌犬莱卡成为第一只进入太空的动物；1961 年 4 月 12 日，人类首次进入太空。尤里·加加林完成太空飞行的消息传来，给华盛顿敲响了一记警钟。同年 5 月 25 日，肯尼迪总统向国会发表演讲：对美国人而言没有什么是不可能的。白宫的主人坚定地说道，在十年之内，他的一位同胞将登上月球，条件是国家可以接受即将面临的资金上的巨大缺口。改革就从 NASA 开始。一位组织天才——詹姆斯·E. 韦伯（James E. Webb）对七万五千名雇员的管理重新进行了全盘考量。登月的进程不应该影响其他研究领域，于是韦伯放弃了对终身职位的设置。月球计划的工程师将全部从联邦的中枢神经招聘：约一百所大学和将近两万私人公司参与了这项冒险。NASA 在其成立的三年后便动员了十二万人夜以继日地工作，这些人被分配到各项具体任务和补充任务中，他们执着于一个信念：加倍赶超苏联。

1969 年 7 月 21 日，他们的携手努力让已故总统的预言成真了。这一壮举引起了普遍的情感反响。每一个人，无论是外行还是专家，都将这一事件融入了自己的日常生活。加利福尼亚的两名新生儿分别取名为尼尔·埃德温和埃德温·尼尔；一个小女孩得名"阿波罗"。纽约的杂货店通过"月球生意"发了大财，把鸭舌帽、T恤衫、海报、英雄徽章，以及踏上月球第一步的幻灯片和原声碟做成商品出售。一名洛杉矶脱衣舞女郎给自己取艺名为尼尔拉·阿姆斯特朗，在"带我飞向月球"的氛围中，她慵懒地脱掉了自己的潜水服。当三名返回地球的宇航员被安置在隔离室以防外太空不明细菌引起感染的时候，当专家们正在分析从月球上采集到的样本的时候，种种制造逸闻趣事和谋取商业利益的行为开始层出不穷。社会生活回到正轨之后，开始了同化工作。从8月开始，奥尔德林、科林斯和阿姆斯特朗先后在美国和全球范围内进行大规模巡回访问。他们受到的欢迎堪比美国总统在国事访问时享受的待遇，进而延续了这起独一无二的事件的影响力，以短暂又平和的方式重新激发了人们在7月21日那一天体验到的至尊崇高之感。

然而，他们的登月壮举刚刚结束，就有一些悲伤的灵魂拒绝为他们欢呼赞叹。弗朗索瓦·莫里亚克在他的记事本里写道："我所有的朋友都在电视机前度过了那个夜晚。我今天早上才收听了广播，当然，我对这赋予人类的无限力量感到赞叹，但是我也会想到如果人类最终失去了地球，那么征服月球也是毫无益处的。人类正在失去地球。被毒物污染的莱茵河，以及河中成千上万条肚皮朝上的死鱼为何没有让河岸居民以外的人感到震动？这与人类征服月球有何关系？"这位天主教作家在此影射了6月在宾根突发的生态灾难：一桶五百升的杀虫剂被倾倒在河水里，造成了绵延六百千米的污染。惊世骇俗的教皇保罗六世则对这种悲观的失败主义表示了反对。

1974 年，NASA 下属公司的一名前雇员的著作《我们从未去过月球》（*We Never Went to the Moon*）出版，从此以后，关于登月事件及其图像的真实性开始被人们公开质疑：所有呈现的资料可能是美国航天局以政治宣传为目的而制造的假新闻。这就是信奉一种新阴谋论的行家里手们试图寻找的论据，从而不断为他们的质疑提供养料。月球上既然没有风，那么插在月球上的星条旗为何旗帜飘扬？要知道这些人忽视了一个信息：NASA 已经预想到了这个问题，因此给星条旗配备了一个可以永久保持展开状态的弹簧。包括这个细节在内的其他十余处细节甚至在阿波罗 11 号起飞之前就被《巴黎竞赛报》公布了。不管怎样，这些在千禧年之初重新被电影和伪纪录片传达出的反对和质疑之声在公众舆论中留下了痕迹，而 NASA 对这些攻击始终保持拒绝回答的态度。

这些或怀疑或警惕的反应表明了人们在面对无限可能时的精神眩晕状态，或许也表明了一种失望的情绪，因为壮举宏伟但结果寥寥。1969 年 7 月 21 日的夜晚矛盾交织，它标志着集体智慧的结晶。性情谦逊的尼尔·阿姆斯特朗直至 2012 年 8 月弥留之际还在不停强调他不过是完成了自己的任务，并没有什么非凡之处。他只是恰好成为第一个踏上月球土地的人，这个人（几乎）

也可能是别的任何人，更何况最初被指定的人选是巴兹·奥尔德林。他的观点在他的同胞们看来是十分合理的，对他们来说，阿波罗12号于11月开启的登月行动只是一次常规行为。这一次，各个电视台深感有必要体现节目的教育意义。记者弗朗索瓦·德·科洛斯特（François de Clostes）在法国发现宫设置了一个工作间，里面有阿波罗号的模型。人们已经习惯性地认为，从地球到月球的旅行将在20世纪70年代末之前反复进行多次。1970年，差一点就成为灾难性事件的阿波罗13号任务最终让人们警醒：漆黑冰冷的宇宙空间仍然是一个对人类怀有敌意的地方。机组人员依靠冷静的头脑和杰出的才能躲避了一场最惨烈的灾难，同时激发了人们对宇航员的崇敬之情，也驱散了人们的欣喜之感，却未能因此遏制一个重要事实的发生，那就是：诚实的人类渴望继续以启蒙时代的方式拥抱所处时代一切知识的理想宣告终结。

由詹姆斯·E. 韦伯为NASA设想的任务分工实际上完成了一项于1905年就已开始的运动。那一年爱因斯坦提出了狭义相对论，从此引发了一场重大的科技革命，科学知识以一种前所未有的方式加速出现并急剧丰富，越来越脱离大众的认知能力。此后，新一代年轻人所接受的教育都认为，仅凭一个大脑是不能拥有全部已知学问的，分工成为必然趋势。

然而，如果说关于月球的通识性的科学文化认识程度或已达到顶峰，那么，从 1969 年发生的这场人类技术与智力冒险中却诞生了新的使命。在那个夜晚目睹了前辈的登月壮举之后，一名十二岁的小女孩做起了自己的梦，她叫克劳迪·安德烈-德赛（Claudie André-Deshays）。1996 年，她成为有史以来第一位进入太空的法国女宇航员，她最先进入的是和平号空间站，后于 2001 年登上了国际空间站。人类的未来说不定正在那里酝酿着。

第十八章　热情

1989 年 11 月 9 日，柏林墙的倒塌

18 时 57 分，柏林墙出现了第一道裂口。由埃贡·克伦茨（Egon Krenz）领导的政府发言人刚刚通过电视直播宣布，取消在民主德国境外旅行所需的一切批准手续。摄影机捕捉到一位记者惊愕的面孔，他看起来像是完全不相信自己的耳朵，因而询问这项举措实施的日期。接下来的五秒钟可谓是 1989 年 11 月 9 日这一天所要上演的一切事件的浓缩。君特·沙博夫斯基（Günter Schabowski）犹豫了一下，仿佛他对自己的回答即将引起的茫然之感而担忧。然后他的眼睛湿润了，他害怕这种担忧和畏惧，对灾难的预感首先就体现在这种情感中。他恢复了镇定，明确地说道："如果我得到的消息准确的话，从现在开始。"办事处关闭了，没有人对此关心。沙博夫斯基吞下的泪水将一个可以预料的绝望的未来变成了一个充满魔力的当下时刻。历史的热情重新淹没了一个干枯了四分之一个世纪的世界。

198

只要观察一下记者们的表情就可以想象得到柏林人的反应。震惊错愕与激动兴奋同时写在脸上；一些人做出了梦游者才有的手势，一些人则瞪圆眼睛，还有一个人大口张开，对这个消息惊到窒息。待在家里的人们还在犹豫着，到底应该坐在电视机前，还是应该冲向电话机，或者跑到邻居家，或者等待辟谣。就在一个月前，当第一次针对政权的游行示威发生的时候，那位在位十八年、地位稳固的德国统一社会党总书记埃里希·昂纳克（Erich Honecker）不是还用坦克包围了莱比锡吗？就像在阵发性情绪的作用下通常发生的那样，一个地点可以产生一种磁化效应。人们并不完全知道他们为什么要去那个地方，或许是为了印证西柏林市市长瓦尔特·莫波尔（Walter Momper）的一席话，后者在晚上21时宣布柏林墙已经成为"遗址"。人们做出了习惯性的反应，长久以来一直如此。他们正是在重逢和庆祝这一重逢的过程中再次建立起兄弟大团结的种种前提条件，至少他们自己是这样认为的。从某种意义上来说，22时左右，第一批穿过柏林墙的柏林人证实了历史学家儒勒·米什莱①的预言："庆典，请给我们一些庆典吧。请给这里的人民一些真正的食粮，一些可以支持他们、提升他们心灵境界的精神食粮。"

---

① 儒勒·米什莱（Jules Michelet, 1798—1874），法国历史学家，擅长以文学风格撰写史学著作。

一个小时后，这条消息被晚间电视新闻证实，引发了一场令人震惊的人口流动。一些人从包围在共产主义围墙下的西柏林——这块资本主义的避难所——的高楼中走了下来，另一些人从西柏林的地下王国里冒了出来，这两批人肩并肩，一同出发去庆祝胜利。一年之后，"占屋运动"① 将会显露出，在两个群体间，民主概念存在多么巨大的分歧。但是在这个夜晚，泪水冲走了其中一些人心中的恐惧，以及另一些人心中的偏见。库达姆大街（柏林城的香榭丽舍大道）被不断膨胀的人潮挤得水泄不通，人们热泪盈眶，挑开起泡酒的瓶塞，互相说着："太疯狂了!"这句话在之后的一年中，直至两德重新统一，都将成为饱含激情的公民们的精神状态，而这种状态同时也与他们的担心成正比：在直播中宣告结束的文明危机会留给人们实现统一之梦的机会吗？根据历史学家提莫西·贾顿·艾什（Timothy Garton Ash）的看法，在柏林发生的是"整个世界历史上最为声势浩大的街头庆典"。德国人接连不断地看到的是，"卫星"牌轿车②"嘟嘟嘟"地开进西柏林，是汽车喇叭的交响曲，是人们相互之间的拥抱，以及后续一些让人甚至对"柏林的疯狂"产生怀疑的平淡无奇的采购——新鲜水果、蔬菜、报纸、金色香烟、儿童玩具。然

---

① 柏林的"占屋运动"兴起于 1970 年，是带有政治性的激进运动，最初只占据房屋，后来也表现在对城市空间的占据。

② "卫星"轿车，又译"特拉贝特"轿车，是前德意志民主共和国（东德）汽车品牌。

而，这些无关紧要的举动却揭示了一件至关重要的事情：那就是相信统一的难以抑制的意愿，它首先是柏林人的意愿，而后或将成为所有德国人的意愿。

尽管沙博夫斯基和记者们的动机是相反的，但是他们所共有的情感产生了一种现实效应。柏林墙在假设中被开放了。在预告性的通知和它的真正落实之间是一条最为危险的道路：边境监察官们的态度会是怎样的？东德人和西德人的热情解决了些许问题。未接到指示且担心自身安全的警察自动退出了；从柏林墙顶至墙角，人们立刻组织起了庆祝活动，在这样的行动中，显现出的总是人与人、心与心的共通共融：人们一起席地野餐。米什莱，还是他，曾经形容这种可谓"联合奇迹"的宴饮形式象征着一种"充满生命力的和谐"。在电视里，柏林人的这场公共会餐为自由的回归蒙上了一层神圣的色彩。

第二天发生了更为棘手的事情。1961 年建造的人工"边境"一直履行着壁垒的职责。这一边境带来一个巨大的实惠，那就是不用回答一些令人尴尬的问题：两个德国组成的是同一个民族吗？谁是或者谁不是欧洲的？由谁来进行统一事业？前一天的握手言和与热泪盈眶难道只是一种想要建立联结的幻象？最后，民主真的会让那些昨天还在叫嚣着要获得民主权利的人们感到满意吗？柏林墙具有一种独有的救世主的职能：人们期盼着、等待着它的倒塌，但是，正如老布什所言，人们不相信会在有生之年看到这一天的到来。

　　一个夜晚的热情是否形成了一种政治？流动的图像画面激动人心又令人安心，使人想到了曾经的时代：永远的德意志以及冷战之前的世界，都可以允许人们对历史进行情感的解读。与此同时，人们的种种激情又令人忧心，尤其是柏林墙的倒塌所展现出来的对平等的激情。然而，如果一直都认为东德人和西德人"值得"成为同胞，并且设想德意志会像其他民族一样重新成为一个统一的民族，这似乎又是一个不大可能的、危险的甚至是难以接受的假设。于是，人们明白了为何在 11 月 10 日这一天，埃贡·克伦茨和瓦尔特·莫波尔会重新站在一条阵线上，创造出"民主德国的人民"这一说法。这位社会党现任总书记很清楚今后不会出现资本主义的民主德国，更不会存在无共产主义的民主德国，亦不会有退回到 1945 年至 1947 年期间的东德。他鼓励他的同胞们高唱"我们是一个民族"，这完全不是为了加速统一进程，而是为了团结联邦德国，以期让后者与其陷于水深火热的邻居共同面对经济困难。柏林墙的倒塌对他来说是一个坏消息，因为这一事件削弱了他在反对自由化的马克贸易中的地位。绝不可能把国家拱手让给那些在潘科区领导人看来①只有殖民企图的人。至于

_____

① 潘科区（Pankow）在 1949 年至 1960 年年间曾是东德国务委员会的官邸所在地，并聚集了众多使馆。

西柏林市长，他害怕东德人"从柏林墙后发动突击"。特别是，由于担心爆发骚乱，他忙于应对东德公民的大量涌入，据沙博夫斯基估计，10月31日这一天涌入的人数在十万到十五万之间。莫波尔不知道如何安排这些人的住所，也不知道怎样雇用他们，更不知道他的属下对此是什么态度。"民主德国的人民"成了一个意在安抚西柏林人的新词语。你们不要担心，我们会给这些游客一张地铁票和一百马克象征性的欢迎费，请他们尽快回到自己的地盘。难怪这两个男人对柏林墙倒塌后的第一个周末——即11月11日和12日——的游客数目进行了虚假的统计：三十五万人口迁徙，两亿八千万东德马克的兑换量，在这些摆在明面的数据背后，是实际清点的一百万人口，以及在黑市交易的十亿马克。人们的热情不假，却是踮着脚尖铤而走险的。

柏林这口装满热情沸水的大锅必须要降温，不言而喻，这是政治巨头们都同意并且坚持的想法。10日清晨，戈尔巴乔夫听闻这个消息时"不喜不悲"，把它当作一个再也找不到解决之道的经济问题，或者是一个内部安全问题。示威游行的人们能够按照自己的意愿表现出足够的热情，而戈尔巴乔夫则牢记他们是一群和平主义者。东德领导人的频繁调动以及干部职务名称制度的瓦解造成了政治空窗期；鲜花、马克和旅行，这些都是人们心中所愿，但冷战不是。乔治·布什同样表现得十分谨慎，在他看来，相比在柏林发生的这场热烈隆重但同时又无甚有煽动力的游行，苏联的态度显得更为重要。尽管美国媒体发出了恳切的邀请，但是他绝不可能模仿肯尼迪或里根，也不可能为了 1987 年那句著名的呼唤"戈尔巴乔夫先生，请推倒这堵墙"① 而去柏林沾沾光。十二年之后，冷战中期可以预见到的苏联的解体要比这次在柏林发生的"意外变化"更加重要。至于欧洲的领导人们，他们的反对源自他们的担忧。在他们看来，柏林人的热情证实了戴高乐将军那个简洁的形容——"失衡的民族"。柏林墙的倒塌重新揭开了德国的问题；然而，11 月 12 日，瓦莱里·吉斯卡·德斯坦在 RTL 广播电台这样说道："德国的重新统一将意味着欧洲的终结。"撒切尔夫人也指出，事实表明，德国联邦议院的代表们齐声高唱国歌，现在他们就差到勃兰登堡门唱响"德意志高于一切"了。值得注意的是，与这些领导人的观点显然不同的是，在昔日的同盟国人民看来，11 月 9 日柏林人的热情与 1914 年夏的喜悦之情都带有一种虚假的味道。

诚然，历史是一块多多少少由纷争与不幸织就的布匹，但是赫尔穆特·科尔（Helmut Kohl）在这样的情境之下的表现却值得称道。他既不是人们等候已久的救世主，也不是人们苛求的对象，更不是人们梦想中的人选；他不能像康拉德·阿登纳

---

① 这是美国总统里根在 1987 年 6 月 12 日的演说中对苏联共产党中央委员会总书记戈尔巴乔夫的呼吁。

（Konrad Adenauer）一样去扮演代理国父或者保护人的角色。虽然他从不位列最前排，但是他却促成了一种对柏林日常生活的解读，在这样的生活中，人们的狂喜与最初的惊愕让位给了热忱、和谐与平衡的景象。这是一个不可分割的、团结统一的柏林社会的景象，它不受多方撕扯的干扰，并摆脱了象征性的分崩离析，它给予所有组成这个整体的人一种对相互和解的确信。当赫尔穆特·科尔得知了9日那天的突发事件时，他起身离开了波兰邻居们在华沙举办的官方晚宴，乘坐美国大使借给他的飞机飞往柏林。11月10日，他以上流社会晚宴的形式在市政厅组织了一场盛大的活动。各级政要悉数到场，联邦德国的精英人士以及全世界的摄影镜头都聚焦在舍恩贝格市政厅召开的纪念典礼上，这里是承载西柏林记忆的圣地。人们在此纪念和追忆1948年的封锁、1953年的东德动乱、柏林墙的建起以及肯尼迪的访问。至于柏林墙本身，没有人提起它；这是一个家庭聚会式的晚会，与巴士底广场或者巴黎公社墙前的集会完全不同。

那么，热情何在？眼泪何在？请等待1990年10月3日：那一天，德国重新统一，国会大厦修缮完毕。这场胜利属于那些认真研读过塔西陀箴言的人："忧患意识促成了日耳曼民族的可敬与果敢。"

第十九章　惊愕

2001 年 9 月 11 日，恐怖袭击

　　惊恐的人们通过电视直播和随后的循环播放，眼看着第二架飞机与世贸中心二号楼相撞的画面。在纽约清澈明朗的天空上划过一道钢铁闪电，飞机撞击后，火球舐舐着玻璃窗，一具具尸体像盘旋在空中的惊弓之鸟一般坠落，消防员疯狂奔跑，双子塔慢慢塌陷，弥漫的灰尘和扬洒的办公纸张吞噬了曼哈顿，目击者组成的灰色人潮纷纷逃离。最后是爆心投影点一片黑漆漆的碎屑残骸，它们是这场大屠杀的见证。每个人都在通过全球电视卫星转播回想这场大屠杀的一幕幕情景，但是没有一个人能记起 2001 年 9 月 11 日这一天说了些什么：那一刻，在场者和电视观众因为突如其来的打击几乎无力思考；第二天，人们最先出口的话语都是漆黑一团的，仿佛在驱逐一种难以名状的诅咒。

　　在最接近灾难的地方只有内心焦虑不安的家属们，他们带着一些图腾式的小物件，以及对了解事件细节的需求。这些家人、

同事或朋友沉浸在悲伤的情绪中，似乎被可怕的海啸吞噬了。他们为死者挂起了成百上千的装饰纸条。这是些带有感情色彩的还愿小物，上面时常画着某一个人的微笑，或者写着另一个人的喜好，它们好像一根根在寺庙供奉的神灵脚边点燃的蜡烛，用来感恩一场疾病的治愈或者祈祷在瘟疫中逃过一劫。这些还愿的纸条表现出人们在面对"情感过度透支"的事件时产生的本能的宗教情感。类似的情感反应也出现在了诸如2011年夏天奥斯陆恐怖袭击发生之后，不过，早些时候，这种宗教性的行为反应就在一些事件中有所体现，比如二十年前歌手约翰·列侬遇袭身亡时，人们在他位于纽约的住所前放萤火虫，再比如纪念戴安娜王妃时，人们在阿尔玛桥头放萤火虫。

"9·11事件"的遇难者因其不寻常的死亡进入了美国众英雄的先贤祠：在与大火的搏斗中倒下的三百四十三名消防员被比作曾经登陆硫磺岛并在那里插上星条旗的海军军官。只不过，这一次，美利坚没有处在战争状态。因此，人们感觉到一种巨大的差距：一方面是一个发现自身蒙受伤害的民族神话一般的总动员；另一方面则是纽约人民对现实生活实打实的担忧。人们眼看着一则则寻人启事在街头出现，上面的措辞和格式与那些寻找丢失猫狗的启事完全一样，但是"失踪人员"的照片却让这些寻人启事看起来像一张张预先发出的讣告。

让人感到绝望的小通告诉说着人们从未有过的焦灼，这是一种在飞机事故或者雪崩灾难后令闻讯的亲朋好友僵硬到无法动弹的情绪。当然，在这一事件中，恐怖主义的意图十分明显。实施步骤、目标确定、事件经过以及意图制造不稳定的决心组成了构成种种理性分析的因素。但是，被认定的因果关系却不能打退偶然性的情绪，不能驱散深重灾难带来的阴霾。纽约人要面对命运或拯救或杀戮的谜团，同时也要面对一个他们尚未知晓的敌人的入侵，这个敌人似乎是在怨恨与激情的驱动下采取了行动。

爆炸、命运以及媒体所带来的连续打击加速了这场情感大地震终极阶段的到来：在情绪的浸没之后是集体的震动。纽约人执行常规的行动，与任何一场地震中的逃生者们表现出的聚群行为别无二致。他们排队献血，为救生员送去瓶装矿泉水。有些人每天早上都会去等待幸存者重新出现的消息，尽管机会已变得越来越渺茫。当一个被认定的失踪者被从一次救援行动中救回来的时候，他们悲伤的搜寻工作就又可以再次活跃起来。面对偶然的逃生，人们混淆了意想不到与不可预料这两个概念的边界，正如那些自然灾害中的遇难者一样，把偶然性称作无知。

还有那些行人，他们郑重而沉默，一排紧挨着一排，围绕在爆心投影点附近。没有了车水马龙和熙攘市民的纽约，让年迈之人想起了欧洲和亚洲曾经被轰炸过的城市。还有那些对着死去的故人轻声低语的寡妇，她们不愿去求助对人类命运漠视不理的神明。纽约城和它的居民们保持的沉默时而被爆心投影点附近挖土机反反复复的噪声所打断，像是战场前线各种武器发出的断奏，为此次事件赋予了一种坚决的特征。因此，它是一场在炮火的轰隆声以及布什总统敲响的爱国警钟的回声中拉开帷幕的战争，引发了一种可以称作"揭露真相"的行为现象，包括在生理层面对暴力进行披露，以及在精神和社会层面对维持生存绝对必要的团结统一进行指示。

恐怖袭击事件发生九天以后，当英国人和美国人并肩出现在圣托马斯教堂的时候，人们对团结一事确信无疑了。他们参加了为纪念六十七名英国遇难者而举办的弥撒，这是大不列颠王国为恐怖主义付出的最沉重的代价。位列第一排的是当时世界上最有分量的人物——托尼·布莱尔、比尔·克林顿和科菲·安南。他们的两侧是纽约的市政官员：市长鲁道夫·朱利安尼和州长乔治·E. 保陶基。这些人本可以借此良机，基于准确的宗教或军事披露来告发恐怖分子的一切行径，然而他们几乎什么都没有说。直到几个星期以后，比尔·克林顿才在哈佛大学的一次演讲中恢复了清晰的思维，而托尼·布莱尔则在六年之后才做到了这一点，这无不表明恐怖袭击所造成的精神影响是多么巨大。余下的到场者中，英国人很容易被辨认出来：他们穿着粗呢上衣、双色衬衫，看起来像正准备在周末出门远行的绅士，但是他们却在第五大道的中心因命运的无常而迷失了方向。站在他们身边的纽约人仿佛是在提前两个月纪念老兵日。触动人心的还有他们颤动的肩膀，似乎他们的语言里只剩下泪水。尽管如此，渴望团结的行为反应依然通过民族情绪的表达以最经典的方式显现出来。通过齐声高唱两个国家的国歌，无名人士和社会权贵选择结成同盟，而不是向恐惧缴械。只不过，当人们在结盟中什么都看不到、什么也听不到的时候，它的维持也就变得艰难了。

重寻意义

这种普遍的混乱状态既是人们情感地震的结果，也是造成其震幅剧烈的原因。在一个和平国家，三千平民瞬间被戮是一个极不同寻常的行为，令世人为之震惊。这种异常的形势暗示人们应当更加仔细地观察世界，以便加深对它的理解。但是观察的视角极其繁多，连反思本身也在动摇。纽约人给自己树立了一种错误的观点，认为在面对不可预测的事情时并没有与之抗衡的能力。当希求逃离一个已经变得让人无法喘息的世界时，当务之急或是转移目光，或是重归历史，通过历史清晰的画面去排解对凌驾于现时之上的未来的焦虑。于是，这场情感地震的受害者们建造了三个虚构的故事。

第一个虚构的故事是由乔治·W. 布什和他的顾问们编写的。首先是美国，进而是全世界，都在期盼着一个国家的首领，希望他指出自己所采取的行动中对道德和政治的优先考量，等待他作为一个大多数公民都信仰上帝助善的国家的总统，会成为给国民带来慰藉的顶梁柱。然而，事与愿违，他们看到的是一位说教者和战争统领。他将对手妖魔化，承诺将犯罪分子"无论死活都带回美国"，并且把恐惧与自由对立，这表明他认为在此种考验下，符咒般的语言可以保证人民的凝聚力，同时也表明他要把赌注压在一种人们对未来的持续恐惧之上。所以，他才会使用乔治·华盛顿和富兰克林·罗斯福曾经发表过的演讲词，目的是掩盖白宫在这个重要关头竟没有当代范例可供引用的事实。他追忆建国元勋，却又不去指明这些人实则愿做开启民智、提倡宽恕的启蒙者，借此，他便可以将阿富汗战争描述成对最崇高的爱国热情的升华，虽然它实际上代表着一种挑衅性冲动的胜利。

为了给屠杀进行"合理化辩护"，美国再次把基地组织宣扬的主题之一——惩恶扬善、以纯洁对抗污秽——纳入考量，这实际上是进入了一种偏执狂式的辩术语境，同时也是在鼓励大规模犯罪的鼓吹者们。因此，当10月7日，也就是美国在阿富汗开战之时，奥萨马·本·拉登发表了自"9·11事件"之后的第一次电视讲话，他大胆直言，说这是在情感上的伪对称："美国人此时此刻经历的，只不过是复制了我们曾经的经历。"一个民主国家的领袖若企图以神圣作为工具来为自己的动机辩护，总是会失败。

回顾历史，白宫的这一选择表明，华盛顿当局没有能力从这一前所未有的事件的种种决定性因素中杜撰出新的关系。取而代之的是，白宫将保守秘密作为政府方针，并且选择了使战争事态逐步升级的战术策略，即便他们可能承担如 1917 年政府危机那样的风险，因为公众舆论逐渐会对他们讲述的虚构故事感到不快，进而对各种限制和特权感到愤怒，并最终对他们承诺的结果产生怀疑。

第二个虚构故事建立在前一个故事的基础上，不过是颠倒了因果关系，并且涉及的范围也向后续阶段扩大。诚然，恐怖袭击事件使当时充斥着紧张的气氛，但是，因为对悲剧重演的担忧，未来的前景也在这一事件的阴影下显得一片暗淡，人们不得不像以往一样一直同被诅咒的命运做斗争。将那些所谓的世界末日的预言当作子虚乌有之事，这是多么大的讽刺啊！临近 1999 年年末，我们厌烦了种种为了商业利益而装腔作势的"世界末日说"，然后，"9·11 事件"的发生仿佛让这一预言拥有了真实的骨肉。"9·11"的画面在民众之间制造了一种"不可思议的恐慌"，其具体症状被我们忘记了：一方面，大规模屠杀的画面通过电视直播呈现出来；另一方面，这些画面的意义却是矛盾的，是在不停重组的。

此时此刻，富于戏剧性的夸张手法可以让令人震惊的视觉冲击所带来的紧张感得到释放。不过，使用"末世景象"或"地球的恐慌"这样的标题却恰恰等于为预设的民众情绪选择了一个想象中的震级。即便要忍受"9·11事件"带来的冲击，但是人们仍然要尽可能地对这一事件进行挖掘和利用。持着不同宗教信仰的知识分子就出色地做到了这一点，比如，他们用狂热主义来解释恐怖袭击，这无异于通过为任何一种宗教开脱责任从而捍卫自身的利益。10月19日，由话语小组①起草的致信众的呼吁书就是一个例证："我们想要告诉我们的穆斯林兄弟，我们知道，伊斯兰教和《古兰经》，如同基督教和《圣经》一样，是不会导致暴力的。"恐怖袭击的资助者和实施者就这样被形容为背叛宗教情感的宗派信徒，于是，文明冲突论将只存在于塞缪尔·亨廷顿（Samuel Huntington）和其他一些执着于破坏稳定的作者的书中。通过一种包容的逻辑，一个神奇的与信徒或与民族相关的圈子形成了。面对这诡异的联合，我们只得叹息作罢；这种不拘一格的一致联合应在恐怖袭击事件中得到谅解。我们看到迈克尔·沃尔泽（Michael Walzer）、亨廷顿以及其他六十名知识分子在一个类似于1914年夏天的虚构故事上签了字：既可以否认宗教的某种暴力属性，又可以在阿富汗发动一场"正义之战"，同时还可以赌定这场战争在民主层面的教育价值。

在这个虚构故事中，任何灾难都不会动摇宗教中善意良知的

---

① 话语小组（groupe Paroles）由菲利普·瓦尔涅（Philippe Warnier）于1990年成立，由16名天主教人士组成。

根基。哲学家勒内·吉拉尔（René Girard）于 11 月 6 日在《世界报》上做出的阐释同样使人麻木："今天上演的事情是全球范围内的模仿竞争。"① 换言之，恐怖袭击是全球化这柄双刃剑的另一面，它的确令人厌恶，却又不可避免。这种论述推理除了预设世界只存在西方这唯一的一极以外，也完全无视了另一种代表了邪恶的偏执狂式的表达，比如本·拉登在 10 月 7 日的电视宣言就属于这种表达。既然用惩罚来证明错误，那么将不再有道德可言，而只有为所欲为地对那些被认定无足轻重的受害者全面实施暴力。恐怖袭击的实施者们追求的不是英雄主义，而是一种"变容"。因此，这里不可能存在模仿。

　　这就是"9·11 事件"的病症之谜无解的原因。从深层次来讲，双子塔的倒塌似乎在人们的心中放入了一些记忆存储模块，西方公民不敢，也不知道应该怎么做才能赋予它们一种可以理解的形式。由于对美国民众心理创伤的根源缺乏思考，所以那些持阴谋论的骗子和他们改编的故事才可以趁虚而入。为了对雅克·拉康（Jacques Lacan）的话进行发挥，故事的听众们一心渴望将

---

① 勒内·吉拉尔在这篇文章中提出了"模仿竞争"（rivalité mimétique）的观点。他认为"一切冲突的根源不在于差异（différence），而在于竞争（concurrence），在于个体、国家和文化之间的模仿竞争。竞争，就是模仿别人以获得同样事物的欲望，必要时会诉诸暴力。"他还指出，"引发恐怖主义行为的不是'差异'，……正相反，是人们不断加剧的对求同（convergence）和相似（ressemblance）的渴望。在那些恐怖袭击的实施者身上不是也有一些美国的影子吗？人们完全是在进行模仿。"

真实的行为（悲剧发生的瞬间）与史诗般的壮举（关于隐秘勾当无穷无尽的历史事件）重新编排在一部影射小说里。在这部小说中，舆论对知识盲目无知，却对谣言洗耳恭听、"语气肯定"，以此弥补了故事的漏洞。在中央情报局之手背后，或者在另一场针对五角大楼的模拟袭击被发现之后，一些与我们在讲述1348年黑死病和1789年大恐慌时分析过的类似的过程模式被辨认出来。每一次，由于人们对发生的事实认识不一，事件本身便变得模糊了。网络又起了推波助澜的作用，因为它不知何为恐惧，甚至它会像政治学家丹尼尔·赫尔曼特（Daniel Hermant）犀利指出的那样，不惜将恐怖分子变成"信息技术的假象"。

这些舞动的幽灵不断困扰着我们社会中的无意识，引起了人们的情感地震，而摆脱幽灵的困扰正是终极虚构故事所要达成的目标。这个终极故事注意到了那些自杀式袭击者给社会运转造成的暂时性短路，因此它开始追溯时间链条，直至找到一个能够重建连续性的节点。寻找的过程本身也不新鲜：每一次遇到民众情感的爆发，无论是在中世纪还是在文艺复兴时期，都会将历史的车轮往回扭转一两圈。从本质上来讲，这是企图通过重复和差别的视角来审视当下的事件，以便思考它发生的根源。

既然如此，那么重复的视角就像一条救生绳索，使人们得以逃脱恐怖分子预期的致命威慑，而所有不断重申这种威慑力的人都会说："还有一些我们不知道的事情，但是，我不能解释我看到的，否则我们都会落入恐惧的深渊。"于是，恐怖袭击并没有把世人引向一个不可知的、充满威胁的未来，而是缩小成了历史进程中的一个突发事件，它之所以成为被讨论的对象，仅仅是因为它很重要。对一些人来说，它是世纪之交的转折点，对另一些人来说，它代表了 21 世纪的开端。利用重复的视角，其方法在于除去诸如《惊声尖叫》（*Scream*）这类恐怖片惯用的推动装置。恐怖分子想要通过隐匿凶手身份（他们是一小撮混在人群中的平民）并隐藏攻击地点（虽然纽约是攻击对象，但实际上威胁无处不在，长久持续，且没有初发地点）来让西方世界感到恐惧，因此，提出历史上的一个相似案例，等同于用光明来驱散那隐约可见的恐惧。

剩下要做的就是找到与人们心中的焦虑相符合的历史场景。这时，美国人民想到了珍珠港事件，因为遇难者人数（1941 年12 月 7 日，有两千三百人遇难）相似，且是美国在"9·11"之前遭受的唯一一次打击，袭击的形式（珍珠港事件是空中轰炸，"9·11"是飞机上的自杀式袭击）和导致的结果（战争）也是类似的。这样的对比便于准确定位人们在"9·11 事件"发生之后的四种感情：震惊，怜悯，团结，愤怒。结论就是我们欠纽约和华盛顿的遇难者们另一场战争，借由此，我们回到了第一个虚构故事和第一种立场：在曾经的一段时间内，它只是美国而绝非西方世界的立场，从此以后，西方世界的命运不再明朗。

216

人们不禁联想到了 1914 年 6 月 28 日的萨拉热窝事件，正是它加速了第一次世界大战的爆发。"9·11 事件"的后续使人想起 1914 年著名的 7 月，那时战争的气息在空气中弥漫，却没有人相信它真的会发生。9 月 27 日，《新观察家》（Le Nouvel Observateur）周刊使用了标题"阿富汗，巴基斯坦，中亚，世界的火药库"，此处的修饰语曾用于形容 1914 年前的巴尔干地区。不过，关于这场战争的具体性质（乔治·W. 布什宣称的"反恐战争"地点是哪里，目标又是谁？）、持续时间、地理范围，以及它结成了怎样的联盟，哪些公民被卷入其中，又以怎样的条约结束，当时的人们无从知晓。若是不得不同 1914 年的先例做一番对比，它只会显得没有那么具有威胁性。

　　在一段时间里，阿富汗充当了不断累积的愤怒情绪的避雷针，但是面对某些事物时的恐惧感却没有消失，仿佛这个世纪正处于一个中间状态。这也就是为什么"9·11 事件"不同于 1914 年萨拉热窝事件或 1941 年珍珠港事件，它的画面依然在人们的脑海中挥之不去：这些画面重新出现，像是对悲剧现实的预告；又突然发生，像是令人恐惧的警告。

第二十章　希望

2008 年 11 月 4 日，巴拉克·奥巴马当选

对巴拉克·奥巴马来说，2008 年 1 月 8 日是一个失败的夜晚：他在民主党党内初选中输给了他的劲敌——希拉里·克林顿。新罕布什尔州更喜欢前第一夫人。专家们想要提醒人们注意的是，在美国传奇总统肯尼迪的竞选胜利背后，这个州功不可没。但是，奥巴马的阵营中没有因失败而流露出悲伤的情绪。候选人奥巴马看起来十分疲惫，但充满了活力。在等待他的电视观众面前，他开始讲话，像之前的无数次那样。那个夜晚，一种不同寻常的气氛弥漫在会场中。奥巴马懂得如何表现他可以到达顶峰；他的确有总统的风度。他令支持者们激情澎湃。一切皆有可能，一切都会变成可能："是的，我们一定能。"他的话像是为竞选得胜准备的口号。他说："是的，我们能治愈这个民族。是的，我们能拯救这个世界。是的，我们一定能。是的，我们能怀抱希望。"

这些话从美国的东海岸传到西海岸，掀起了他所期待的高潮。仅仅几个星期的时间，奥巴马就变换了气场。他讲话时声音嘹亮，情绪激昂。突然间，超人或许有可能变成黑色皮肤。他或将成为世界上唯一一个能够拯救国家的人，这个国家被敌人仇视——这很正常，但是它却因伊拉克战争的谎言、阿布格莱布监狱虐囚画面以及关塔那摩监狱非法囚禁被它的盟友们鄙视。在布什阵营遗留的种种问题面前，奥巴马树立了一个救世者的形象，他代表的希望是重生的希望，是整个美利坚的希望。

这个激发了民众热情的男人是高大伟岸的。他身高一米八七，即美国度量单位下的 6.5 英尺。他举止优雅，带有一种自然的风度和迷人的微笑，这种微笑让好莱坞的制作人们感到欣喜，并且也的确已经迷倒了许多电视制作人。他从 2007 年初开始了他的党内初选，位列约翰·爱德华兹和希拉里·克林顿之后的第三位。不到一个月的时间，竞选之战中便只剩下这位混血律师和前第一夫人了，后者看起来似乎不可战胜，因为她在民意测验中遥遥领先。正如奥巴马在 2008 年 1 月 8 日夜晚所说："几个月以前，没有人会认为我们今天会站在这里。"年轻的参议员能进入最高级别的角逐，这本身已经构成了一项伟大的计划。他代表了本义上的改变、果敢和希望。在新罕布什尔州，奥巴马成为一名"严肃的"候选人，其他挑战者在他面前黯然失色。他延续自己的冲劲，在党内初选中赢得了大多数州的选票。悬念仍然持续了一段时间，因为每个人都害怕选定的代表在党内最终决定总统候选人提名的大会上变卦。此次大会于同年 8 月 25 日至 28 日在丹佛举行，最终巴拉克·奥巴马取得了胜利。他将成为竞选美利坚合众国总统的民主党候选人。

全世界都屏住了呼吸。一名混血儿有可能成为超级大国第一重要的人物吗？这个五十年前还上演着暴力种族歧视的国家真的改变了吗？美国公民在两个人之间犹豫着：一个是经验丰富的政坛老手约翰·麦凯恩，他白发苍苍，肩膀宽阔，笑容和善；另一个是年轻耀眼的律师，他卷曲的头发被剪得短短的。所有的欧洲评论员都怀有这样一个疑虑：一个在 2004 年再度选择了乔治·W. 布什的国家，还有可能重新回归理性吗？

这场竞选来势汹汹。共和党候选人约翰·麦凯恩代表了谦逊、爱国和新自由主义的美国。他的搭档——阿拉斯加州州长莎拉·佩林代表了宗教的传统与深邃久远的美国，在她的背后是那一小部分从克林顿时代起就对联邦政府施加压力的右派人士，她正值青春期的女儿由于未婚先孕而使她以一种矛盾的方式走到了舞台前方。莎拉·佩林代表了麦凯恩所没有的青春活力。然而，美国人民却对伊利诺伊州的参议员巴拉克·奥巴马，对他的副总统竞选搭档、国际关系专家乔·拜登表现出更多的好感，也对奥巴马的悲痛——在竞选前夜失去了把他和姐姐抚养成人的祖母——感到同情。

2008 年 11 月 4 日，星期二，举行全国大选的这一天可以被看作一场情感的宣泄。在公布结果的时候，人民情感洪水涌动的场景被美国各大电视网的摄影师们捕捉了下来。在芝加哥的大街上，一位年迈的黑人妇女哭着走向一群惊愕的民主党选民。在洛杉矶、纽约和亚特兰大，欢腾雀跃的场面也在不断地出现。在世界的其余角落，各种游行活动同样饱含激情，无不确认着一个新时代的开启。据法新社报道，在俄罗斯，一名美国大学生艾琳娜·傅驰（Elena Fuetsch）收到一群正在度假的法国人的祝贺。而在埃塞俄比亚，一名美国人告诉记者："我们终于能够为我们的国籍感到骄傲。我以前不会想到有一天我会说出这样的话。"世界各地都在传达着一个相同的信息：奥巴马代表了人们对一个更美好的世界的渴望。

一时间，美国总统的口号不再仅仅代表民族和社会的少数群体——也就是他的支持者——的声音，更是成了一个团结一心的民族，甚至是全世界人民的希望："是的，我们一定能。"改变生活，这似乎是在 1981 年的法国。无论如何，正如奥巴马在竞选结果公布后的讲话中宣称的那样，"一个去狄龙镇（Dillon）废墟里的学校上学的小女孩，与一个在洛杉矶街头接受教育的年轻小伙，他们心中的希望没有什么不同。我们今后会记得在美国发生的事情，我们美国人并不像我们的政治所表现出的那么分裂，我们是一个民族，我们是一个国家"。在他的口中，一个团结的、与世界和解的美国的宏伟蓝图已经展开了。他宣称，国家将会结束在伊拉克的战争，终止专断的司法，清除不平等、非正义、大国自负、毒品交易和世界饥荒。这就是目标！2009年1月20日，在就职演讲之际，奥巴马还宣布："我们聚集在这里，是因为我们选择希望而非恐惧，选择齐心协力迈向共同目标而非冲突和争执。"这样的齐心协力将会带领美利坚民族战胜让国家摇摇欲坠的种种危机。

在庆祝竞选胜利的漫长夜晚中，巴拉克·奥巴马收到了无数的祝贺，他先是跳舞，而后向所有支持他的亲友致谢。他刚刚从晚会中恢复精神，就找到了他的团队，开始工作。他应该准备就职并为自己的政务管理开一个好头。实际上，他最初的所作所为极为鼓舞人心。白宫在国际关系方面采取了缓和的态度。2009年6月4日，在开罗，美国总统巴拉克·侯赛因·奥巴马对伊斯兰世界伸出了手。他声明美国再也不会向伊斯兰国家发动战争，并且明确指出选择和信仰宗教的自由是与美国的建国精神紧密相连的。他明确表示改变世界需要时间，但是一切的努力将从这场演讲开始，相互尊重，达成谅解。这是与乔治·W. 布什好战精神的彻底决裂。对世界来讲，在这次演讲中伸出的手预示了最高的希望。不久以前，战争似乎还是美帝国主义的自然秩序，而现在，和平正式被看作一种可能实现的策略。其中或许还包含一种集体性的天真，相信战争冲突将会在一夕之间停息。要知道，总统并没有掩饰他企图保留甚至增加驻扎阿富汗的美国军队的意图。但在当时谁听得见呢？诺贝尔委员会肯定没有听见，2009年10月9日，它授予巴拉克·奥巴马诺贝尔和平奖，表彰他"致力于加强国际世界外交和世界人民之间的合作所做的非凡努力"。或许在那个时刻，天真的热情和对白宫主人的调解能力的信任正值顶峰，而总统职责在现实中的履行状况将会冲淡这波国际范围内的激情。

慢慢地，新上任的总统引起的巨大震撼越来越少了。现实支配着总统的行为，希望也开始逐渐淡薄。经济危机迫使他采取的措施令舆论产生分歧。他将公共支出提高了40％，用来支持平民阶级和中产阶级。他建立了一个拯救美国银行的计划，却在着手医疗卫生改革时遭到了强烈的反对。不过，他批准了一份文件，让95％的美国人都享有公共社会保障。在当时的条件下，他将如何信守竞选诺言？总统知道经济领域的情况决定了他的可信度，因此他开始落实一项新的金融市场规章制度： 2010年，投票通过了《多德-弗兰克华尔街改革和消费者保护法》（*Dodd-Frank Wall Street Reform and Consumer Protection Act*）。或许是为了鼓励投资和重振信心，奥巴马以一种自负的姿态宣布经济危机已进入尾声。然而，事实上，美国依然需要对汽车领域进行干预，并且为无力偿还住房贷款的家庭给予补助。

此外，对奥巴马管理的薄弱也开始有了实质性的攻击。第一个玷污其执政生涯的丑闻来自《华尔街日报》对他滥用公共补助金的揭露。以美国国际集团（AIG）的保险公司为中介，联邦政府接济了一些包括法国兴业银行和德意志银行在内的外国银行，然而该集团甚至在公司濒临破产之际还在给高管发放奖金。财政部长、纽约联邦储备银行前主席蒂莫西·盖特纳遭到了直接的质疑。奥巴马企图通过加强批评来压制民众不断上涨的怀疑情绪，他规定了自己的团队和联邦高级官员的工资上限以做出表率。他还向被国家资助的银行施加压力，迫使它们也采取同样的做法。10月，他结束了布什统治时期建立的公共职务管理奖金系统。

以上的一切都显得微不足道，如果我们将之与持续走高的失业率相比，或者与经济振兴和总统计划落实过程中的拖沓相比：总统计划涉及的领域十分广泛，包括各种社会补助，以及关塔那摩监狱中对特殊关押的规范化处理。竞选时关于间谍卫星和虐囚事件的美好承诺都随着时间的流逝失去了它们的象征意义。关塔那摩集中营依然开放……追捕本·拉登所需的用具依然不符合惯常的法律规定。

在欧洲，人们对这位"理想总统"所抱有的幻想同样好景不长。评论员们很快就开始对他在太平洋地区的对外政策感到失望。欧洲似乎已被排除在他的考虑范围之内。事实上，他缺席纪念柏林墙倒塌二十周年典礼已经被解读为一种爱的裂痕。即便国务卿希拉里·克林顿以他的名义慷慨出席典礼，即便他提供了自己的远程视频，也于事无补。距离感已经造成了。当人们考虑到他对伊朗和阿富汗做出的战略决策时，这种距离感变得更加强烈。撤军的日程比预计更漫长。在军方的需求不可缩减的情况下，对基地组织的围剿必须继续进行。除此之外，真正的游击战来自各基督教组织和反堕胎团体，他们惊讶地发现这位总统对流产和避孕的权利给予支持态度，即便他的目的是减少意外怀孕的概率，以鼓励出台名副其实的家庭政策。

如果说民意调查显示的受欢迎度反映了人们对一位政治人物所寄予的厚望，那么在不到两年的时间里，奥巴马受欢迎度的垮塌表明，中期选举尚未举行之前，超人奥巴马的神话就仅存活在他的党派支持者内部了；这些支持者还接受了一个关于谦逊的严厉教训。总统在意识到他的弱点以及政治生活的兴衰沉浮以后，试图阻止人们幡然醒悟。当新一轮总统竞选如火如荼展开之际，他重新提到了他用实际行动的成果带给了人们强大有力的希望，尽管除了 2011 年 5 月肃清本拉登以外，这些成果总体来讲是十分有限的："大家要求我们暂停一下，以便面对现实。大家建议我们不要给人民以虚假的希望。但是，在美国不可思议的历史中，从来没有任何虚假之物掺杂在希望中。"秉持着这种观点和逻辑，他与他的竞选团队选择了一个简短却又意味深长的口号："前进"。

为 2012 年总统连任所进行的竞选活动远远没有掀起四年前

那种突如其来的激情与活力。奥巴马将重点放在了科技、强大的数字网络、超现代的呼叫中心、安抚民众的能力以及沉着稳健的能力等方面。这其中没有任何一项能够激发人们新的希望，但足以对共和党的回归制造障碍，后者的表现已深刻地向极端主义方向偏转。他的新竞选对手米特·罗姆尼甚至大胆地宣称自己代表了赢得胜利的美国，这个美国既属于在职的高级干部阶层，也属于被经济危机打击的工人群众。他的活力，甚至他身为亿万富翁的经济状况，在那个财政紧缺的时期，都具有独特的吸引力。更糟糕的是，共和党在辩论阶段表现出的从容自若让总统显得十分脆弱。但是，投票结束之际，即 2012 年 11 月 7 日 22 时，在芝加哥一间挤满支持者的大厅里，巴拉克·奥巴马依然可以再次评论他的胜利。这一次，他本人恳切地说道："今晚我满怀希望。"他想再次给他的听众以信心，并且强调美国的立国精神仍然深深地滋养着它的子民。表达方式的变化显而易见。过去，他承载着希望；以后，他要重建希望。这表明，梦想曾经存在过。

结　论

　　1939 年 9 月，德国元首前往波兰。作为这位独裁者的私人侍从，陆军少尉卡尔·克洛泽（Karl Krause）负责在任何场合下都能随时向他提供放在冷藏食品箱中保存的圣涛乐牌（Fachinger）矿泉水。但是，在一次长途跋涉中的午餐时间，克洛泽犯了一个错误：他忘了装满冷藏箱。他别无选择，只能给元首奉上当地的水，水质当然也被医生检测过，但是味道却不同。他求助于部队其他官员和厨师，试图找到一瓶矿泉水，然而，他受到了命运的折磨，没有人可以帮他。当他离开餐桌的时候，希特勒让他当天晚上进行汇报。克洛泽从希特勒粗暴的口气和蔑视的眼神中明白了自己悲惨的处境——他的主人表现出了愤怒。实际上，到了晚上，国家元首凶狠地指责克洛泽粗心大意，谴责他故意逼迫自己喝餐桌上的水！羞愧难当的克洛泽从此再没有出现在主人的面前，一直等到他提出加入战斗部队的调配请求，主人才向他投去了一个恩惠的眼神。

这个例子不只是一个单纯的关于希特勒易怒性格的逸闻，因为愤怒以及极端情感曾经是德意志第三帝国最重要的等级关系调节器。在意识形态和狂热崇拜被视为唯一值得颂扬的激情的背景下，性情恣意放纵是高等人的标志。如果说在那个时代，音乐很受赏识，那也是因为音乐可以激发情感，造就变化多样的精神状态。在集中营里，狱卒们的愤怒是如此令人害怕，以至于每个人都应该对他们流露出的任何一点欲望卑躬屈膝，从而躲过一顿毒打或一项致命的苦役。个人的愤怒就这样融入了集体管理模式中，变成了一种疏导情感为等级制度服务的方式。一个人越是在社会和种族阶梯中居于高位，他就越能表达甚至宣泄他的情感。资产阶级的含蓄受到了嘲讽，而愤怒成了一种世界观主导下的必然结果，这种世界观为仇视所有敌人和蔑视一切劣等民族进行了合理化的辩护。然而，德国社会并不因此而依据种族和社会的划分受制于相同的情感。更何况，由于战争对激情的释放，欧洲人民也经历了极端的情绪。因此，仅仅用一种情感来描述一个如第二次世界大战般重大的事件显得十分荒谬，即便这种仇恨的情感是人们普遍认同的种族大屠杀的驱动因子。

然而，如果像本书的实验性探索那样深入过去的历史，我们会看到面对巨大考验的民众是如何想要随着时间的推移来保存对一种特殊印象的记忆。仿佛经过时间的涤荡和长期的沉淀以后，人们希望给未来的子孙传递一个围绕着某一概念、浓缩了一切情感的回忆。这一概念的特征可能正符合那个原始的仇恨，这仇恨导致了该隐和他的后代因为谋杀了亚伯——受上天赐福故而激起了哥哥的妒意——而受到诅咒。或许有朝一日，我们的子孙后代看到发生在我们这个时代的宏大事件时，会以同样的方式将我们的生活围绕着一个情感来进行戏剧化的想象。男人女人们一切细微的感受将被碾得粉碎，那些历史的见证者将会因此重新组装他们的印象，大型的仪式和纪念活动将会扭曲人们经历过的生活。

但是，借由历史的迂回道路，我们可以超越那个抹平一切记忆的怀疑主义论调。这条道路明确地指出，情感在我们的社会中占据至关重要的地位，重视情感的作用已经成为社会科学研究中的必要环节。在具体的情境下，情感会渗透话语，亦会影响行为。哪怕行动结束，情感却仍然留存，塑造着人们的记忆。对意识内部进行最细微的观察，就会像普鲁斯特一样再现一个混杂着我们的感觉和情感冲动的宇宙。因此，五种感官参与了历史情境的构成，而叙事通常不足以呈现种种感受的繁复庞杂。

如今，对于认知科学而言，测量大脑内的电磁波，观察大脑的活动区和休息区，可以使隐藏在一个愤怒的眼神、一句尖酸的话语或者一个粗鲁的动作背后的心理活动露出端倪。很显然，这是古代从未有过的情况。那些为了体察情感而本该使用的心理学，仍然拘泥于编年史学家以及行为见证人的话语和观点。他们对情感的描绘和构建属于一种整体性的知识，但与专业性知识还有很大的差距。

长期以来，有关激情（passion）的词汇一直以绝对的王者姿态统领着精神的运动，也就是我们所谓的情感。激情的表现是多种多样的，既有对金钱的执着和七宗罪中谴责的贪婪，又有骑士小说和君王宝鉴中描述的荣誉感。另外，不要忘记可以反映一种性格特征或一种脾气秉性的职业使命。然而，激情和情感在心理学中的表达语境有时很接近，以致很难将两者进行区分。或许对于一位最为激进的主观主义支持者来说，如果有人认定人类不仅可以分享共同的情感，而且更糟糕的是，这些情感在不同的个体之间不会无限变化，那么他一定会怒斥这种观点。不同时代的文本会相互衔接，相互呼应。实际上，即便在我们所处的这个时代，仍然会有人调用与激情相关的语汇来描述一种情感的表现。当运动员让支持者们的欢笑如急流般一泻千里的时候，或者当摇滚明星令其崇拜者们如火焰般燃烧起来的时候，难道不正是这种情感的体现吗？

由于拥有丰富的图像资料，并且掌握了神经科学与认知科学的实验，再加上心理学的研究成果，历史学家得以在解读当下的努力中，不再仅仅局限于文化、经济和社会这些主要的决定性因素。他们可以在研究的参考因子中加入一种对"人"的考量方法，这种方法与一些通常被忽视的学科相关，比如被视为人类学近邻的人种学。在电流传感器和文本解码器的疆界之间还是一片荒地，毫无疑问，一代研究者将投身到开垦的事业中去。得益于更久远时期的历史，这些研究者将能够与那些关于社会运行机制的过于简单化的理论保持距离。他们将会引导人们在思考情感的时候，去关注它给予我们的丰富馈赠。情感不仅仅像 19 世纪严肃的史学家，甚至更久远的犬儒学派和斯多葛学派所铺陈的那样，是一种对理性思考的玷污，它同时也是生命之盐，是得以让我们日复一日不断行动的重要动因。

参考书目

在当代历史学研究中，情感迟迟未被人们注意。但是，史学界依然存在一些颇有分量的先驱者，比如吕西安·费弗尔，他其中一部著作是 *Combats pour l'histoire*（Paris，Éditions Armand Colin，《Économies，sociétés，civilisations》，1953）。他认为，很多感情埋藏在历史深处，该著作中收集的多篇文章均提供了一种关键性的思考。此处要特别提及 Jean Delumeau 的著作 *La Peur en Occident*（Paris，Hachette，《Pluriel》，2011）。接下来是 Alain Corbin 关于感性的历史的论著：*Historien du sensible：entretiens avec Gilles Heuré*（Paris，Éditions La Découverte，《Cahiers libres》，2000）。Alain Corbin 首先回顾了自己的生活，而后陈述了历史研究中"感性"可能引发的问题。同样值得注意的还有两部著作：*Les Filles de noce：misère sexuelle et prostitution XIXe siècle*（Paris，Flammarion，《Champs Histoire》，éd 2010）；*Le Miasme et la Jonquille：l'odorat et* *l'imaginaire social XVIIIe et XIXe siècles*（Paris，Flammarion，《Champs Histoire》，2008）。此外，还有行文优美的 *La Douceur de l'ombre*（*Paris，Fayard*，2013）。另有一本合著文集也展示了 20 世纪 80 年代历史编撰学领域对于感性问题的研究全貌： Roger Chartier 等人主编的 *La Sensibilité dans l'histoire*（Saint-Pierre-de-Salerne，Éditions Gérard Monfort，《Imago Mundi》，1987）。 Arlette Farge 的著作提供了一种探讨集体情感问题的创新方法，包括： *Effusions et tourments，le récit des corps. Histoire du peuple au XVIIIe siècle*（Paris，Odile Jacob，2007）；*Dire et mal dire：l'opinion publique au XVIIIe siècle*（Paris，Seuil，1992）；以及他与 Jacques Revel 合著的作品 *Logiques de la foule，l'affaire des enlèvements d'enfants à Paris en 1750*（Paris，Hachette，1988）。若想与情感史的奠基性著作之一做一番对比，则可参阅 Üte Frevert 的 *Emotions in History：Lost and Found*（Budapest，Central European University Press，2011）。另外还有一位非常具有创意的作者 William M. Reddy，他有三本著作值得参考： *The Navigation of Feeling：A Framework for the History of Emotions*（Cambridge-New York et Madrid，Cambridge University Press，2001）；*The Invisible Code：Honor and Sentiment in Postrevolutionary France 1814 – 1884*（Berkeley，Los Angeles-Londres，California University

Press，1997）； *The Making of Romantic Love：Longing and Sexuality in Europe*，*South Asia and Japan 900 – 1200 CE* （Chicago-Londres，University of Chicago Press，2012）。关于当代历史及其与媒体的关系，有一本重要的著作，即 Christian Delporte 的 *Une histoire de la séduction politique*（Paris，Flammarion，2011）。在中世纪史方面，一些年轻学者已经开启了富有前景的研究方向： Damien Boquet、 Laurence Moulinier 和 Piroska Nagy 撰写的 La chair des émotions：pratiques et représentations corporelles au Moyen Âge（*Médiévales*，n° 61，Saint-Denis，Presses universitaires de Vincennes，2011）； 以及 Damien Boquet 和 Piroska Nagy 主编的 *Le Sujet des émotions au Moyen Âge*（Paris，Éditions Beauchesne，《Bibliothèque historique et littéraire》，2009）。

此外，每一章节都有必要补充一些具体的读物和特别的资料来源。我们在此一并列出，目的是为那些渴望了解更多内容的读者提供一些重要的书目和资料来源。

关于引言部分和"赤脚"们的反抗，请参阅 *Diaire ou Journal du voyage du Chancelier Séguier en Normandie après la sédition des nu-pieds 1639 – 1640*（d'après le journal de M. de Verthamont，Paris，Slatkine，1975）。另请参阅 *Yves-Marie Bercé* 的 *Croquants et nu-pieds. Les soulèvements paysans en*

France du XVIe au XIXe siècle（Paris，Gallimard，《Folio》，1991）。

第一章 悲伤

在资料来源中，除了修昔底德的悼词以及伯罗奔尼撒战争和鼠疫的历史背景之外，普鲁塔克对伯里克利进行了一场富有启发性的分析。关于这一主题的主要著作包括：Nicole Loraux 的 *L'Invention d'Athènes*（Paris，Payot，《Critique de la politique》，1993/1981）和 *Les Mères en deuil*（Paris，Seuil，1990）。关于历史背景的梳理，请见 Madeleine Jost 的 *Aspects de la vie religieuse en Grèce：du début du Ve siècle à la fin du IIIe siècle av. J.-C.*（Paris，Éditions Sedes，《Regards sur l'histoire》，1992）。如果想了解伯里克利，可参阅 Jean Malye 整理的文章集 *La Véritable Histoire de Périclès*（Paris，Les Belles Lettres，《Véritable histoire de》，2008），以及 Pierre Brulé 的 *Périclès：l'apogée d'Athènes*（Paris，Gallimard，《Découvertes/Histoire》，1994）。

第二章 惊恐

小普林尼对火山爆发进行了非常生动的叙述。他的亲友们经历了这一灾难，而他或许收集了直接目击者的故事。另可参阅

Joanne Berry 的 *The Complete Pompeii*（Londres，Thames and Hudson，2007），以及 Filippo Coarelli 及他人合著的 *Pompei, la ville ensevelie*（Paris，Larousse，2005）。

第三章　爱

可以从雅各·德·佛拉金的《黄金传说》读起，接着，可参阅圣奥古斯丁的三部作品：*La Cité de Dieu*，II/1，livres XI - XVIII（trad. de Gustave Combes，revue et corrigée par Goulven Madec，Paris，Institut d'études augustiniennes，《Nouvelle Bibliothèque augustinienne》，1994）；*Les Confessions*（trad. de Joseph Trabucco，Paris，Flammarion，《GF-Flammarion》，1964）；*Le Bonheur conjugal*（trad. de Jean Hamon，Paris，Rivages，《Rivages poche/Petite biblio-thèque》，2001）。关于教会的初期历史，可参见 Marie-Françoise Baslez 主编的 *Les Premiers Temps de l'Église：de saint Paul à saint Augustin*（Paris，Gallimard，《Folio Histoire》，2004），Pierre-Marie Beaude 的 *Premiers Chrétiens，premiers martyrs*（Paris，Gallimard，《Découvertes/Religions》，1993）。一部古老的研究论述也值得讨论，即 V. Ermoni 的 *L'Agape dans l'Église primitive*（Paris，Librairie Bloud & Cie，《Science et religion/Études pour le temps présent》，1904）。同样惊世骇俗的还有

Anders Nygren 的著作 *Erôs et Agapè*: *la notion chrétienne de l'amour et ses transformations* (trad. de Pierre Jundt, Paris, Aubier,《Les Religions》, 1944)。另外, 补充资料还有: Marguerite-Marie Laurent 的 *Réalisme et richesse de l'amour chrétien* (Paris, Librairie Saint-Paul,《Studia Regina Mundi》, 1962), 以及 Gerd Theissen 的 *La Religion des premiers chrétiens*: *une théorie du christianisme primitif* (trad. de Joseph Hoffmann, Paris, Éditions du Cerf,《Initiation Bible et christianisme ancien》, 2002)。最后是一个引起争议的研究论著, Hannah Arendt 的 *Le Concept d'amour chez Augustin*: *essai d'interprétation philosophique* (trad. Anne-Sophie Astrup, Paris, Rivages,《Rivages poche/Petite bibliothèque》, 1999)。

第四章 纠缠

关于黑死病, 无疑要参考但丁的《神曲》, 它可以使读者了解这一疾病在十三世纪的幻想世界中所占据的位置。还可阅读 Boris Bove 以黑死病为主题进行的创作: *Le Temps de la guerre de Cent Ans 1328 – 1453* (Paris, Belin, 2010)。另可阅读 Yves Renouard 的文章 Conséquences et intérêt démographique de la peste noire de 1348 (*Population*, 1948, p. 459 – 466)。

第五章 极乐

当然要阅读安托尼·罗利的著作：*Une histoire mondiale de la table*（Paris，Odile Jacob，2006）。

第六章 同情

本章中的假设来源于格扎维埃·勒·佩松的著名文章 Les larmes du roi：sur l'enregistrement de l'édit de Nemours（*Histoire，Économie，Société*，1998，n° 3，p. 356 – 361）。

第七章 恐惧

加州伯克利大学的地震工程国家信息服务中心在网络上刊载了与 1755 年里斯本地震有关的一个数据库，其中可以找到一些特别的、珍贵的雕刻版画。很多资料还可以在 Gallica. fr 网站上找到，比如伏尔泰在 1756 年发表的《里斯本的灾难》，以及卢梭在同年发表的《关于神意的信》（*Lettre sur la Providence*）。歌德的文章节选自 *Poésie et vérité，souvenirs de ma vie*（Paris，Aubier Montaigne，1992）。在众多研究中，我们可以在线阅读 Michèle Janin-Thivos 撰写的文章 Réaction et réactivité du monde des marchands devant le tremblement de terre de Lisbonne（*Rives méditerranéennes*，n° 27，2007，http：//rives. revues. org/2013）。还可浏览 Flavio Borda d'Agua 和 Michel Porret 撰写的文章 Lisbonne，

1755: vision d'apocalypse!(*Le Courrier*, 1er novembre 2005), 以及 José Augusto França 的 *Une ville des Lumières*, *La Lisbonne de Pombal*(Paris, 1988)。书籍方面, 尤其可阅读 Grégory Quinet 的 *Les Tremblements de terre aux XVIIe et XVIIIe siècles: la naissance d'un risque*(Seyssel, Éditions Champ Vallon, 2005), 以及 Jean-Paul Poirier 的 *Le Tremblement de terre de Lisbonne*, *1755*[Paris, Odile Jacob, 2005(chapitre premier, 《Le désastre de Lisbonne vu par les contemporains》, p. 13–63)]。

第八章　大恐慌

除了夏多布里昂在《墓畔回忆录》中阐述的内容以外, 经典的参考资料还有乔治·勒费弗尔的 *La Grande Peur de 1789*(Paris, Félix Alcan, 1932)。可参阅 Timothy Tackette 中肯的评论文 La Grande Peur et le complot aristocratique sous la Révolution française(*Annales historiques de la Révolution française*, janvier-mars 2004, n° 335, p. 1–17), 还有他的著作 *Par la volonté du peuple. Comment les députés sont devenus révolutionnaires*(Paris, Albin Michel, 1997)。关于骚乱本身, 可参见 Joseph Decaëns 和 Adrien Dubois 主编的 *Le Chateau de Caen. Mille ans d'une forteresse dans la ville*(CRAHM, 2009)。最后, 关于 Michel Onfray 提及的动用私刑, 可看看 *La*

Religion du poignard, *éloge de Charlotte Corday*（Paris, Galilée, 2009）。

第九章 激动

毫无疑问，首先应从雨果的《艾那尼》读起，阅读他的戏剧文本以及 Claude Eterstein 所写的引言和所做的年表。接下来是：Myriam Roman 的文章 La "bataille" d'*Hernani* racontée au XIXe siècle：pour une version romantique de la "querelle"（Corinne Saminadayar-Perrin 主编的 *Qu'est-ce qu'un événement littéraire au XIXe siècle?*，Publications de l'université de Saint-Étienne, 2008, p. 125-149）。此外还有三本非常实用的书籍：Sylvie Vielledent 的 *1830 aux théatres*（Éditions Honoré Champion,《Romantisme et modernité》, 2009）, Thomas Nordmann 的 *La Critique littéraire française au XIXe siècle 1800-1914*（Le Livre de poche,《Références》, 2001）, Anthony Glinoer 的 *La Querelle de la camaraderie littéraire*（Genève, Éditions Droz,《Histoire des idées et critiques littéraires》, 2008）。最后是 Gallica. fr 网站上的资料：*Œuvres politiques et littéraires d'Armand Carrel*（Librairie de F. Chamerot, 1857-1859, tome 5）。

第十章　狂热

Michel Le Bris 的 *La Fièvre de l'or*（Paris，Gallimard，1988），这本书为我们提供了一个小宝库。另外还可阅读 Mary Hill 的 *Gold：The California Story*（Berkeley-Los Angeles，University of California Press，2002）。关于法国的黄金热，请参见 Léon Lemonier 的 *La Ruée vers l'or en Californie*（Paris，Gallimard，1944）。

第十一章　焦虑

若想从了解这个神秘事件开始，可参考一部文学作品，即 Robert Desnos 的 *Jack l'Éventreur*（Paris，Éditions de l'Herne，《Carnets de l'Herne》，rééd. 2009）。若想要快速浏览年鉴，可阅读 Peter Riley 的文章 Jack l'Éventreur（*Les Grandes Affaires criminelles*，trad. de Monica J. Renevey，Paris，Éditions La Courtille，《Encyclopédie internationale du crime et de criminologie》，1974）。若想要清楚地了解事件的时代背景，可阅读大法官 Roland Marx 的作品 *Jack l'Éventreur et les fantasmes victoriens*（Paris，Presses universitaires de France，《La Mémoire des siècles》，1987）。最后是来自一个史学史视角的解读：Julien Betan 和 André-François Ruaud 合著的 *Les Nombreuses Morts de Jack l'Éventreur*（Lyon，Éditions Les Moutons électriques，

2008）。

第十二章　欢乐

除了莫尔塔涅夫人的（私人档案）笔记，以及 Gabriel
Hanotaux 里程碑式的著作（亦是当年的畅销书）——*Histoire
illustrée de la Guerre de 14*，近些年也不乏新的出版资料。关于
这一主题，至关重要的一部著作是 Jean-Jacques Becker 的 *1914*，
Comment les Français sont entrés dans la guerre（Paris，PFNSP，
1977）。另可参见 Jean-Jacques Becker 和 Gerd Krumeich 合著的
La Grande Guerre，*une histoire franco-allemande*（Paris，
Taillandier，2008）。此外还有 Annette Becker 和 Stéphane
Audoin-Rouzeau 的 *14 - 18*，*retrouver la guerre*（Paris，
Gallimard，2000）。还有许多视频资料也可以在 Internet de
British Pathé 网站上找到。

第十三章　耻辱

一本不错的入门读物是 Nicolas Beaupré 的 *Le Traumatisme
de la Grande Guerre 1918 - 1933*（Lille，Septentrion，2012，
volume 8 d'une remarquable Histoire franco-allemande）。Pierre
Renouvin 的 *Le Traité de Versailles*（Paris，Flammarion，1969，
p. 99 - 100）也可作为基础读物。引言摘自 François Boulet 的那

篇优美的文章： L'opinion locale et les souvenirs des traités de paix（actes du colloque de Saint-Germain-en-Laye de 1999, *Bulletin des amis du Vieux Saint-Germain*, 2000, n° 37, p. 134 – 138）。

第十四章 厌恶

关于 20 世纪 30 年代的法国，经典的读物是 Serge Berstein 的 *La France des années 1930*（Paris, Armand Colin, 2011）。关于斯塔维斯基事件，请见 Paul Jankowski 的著作 *Cette vilaine affaire Stavisky. Histoire d'un scandale politique*（Paris, Fayard, 2000）。

第十五章 乡愁

可以从一本精美的影像集开始阅读： *La France en guerre d'Algérie*（Jean-Pierre Rioux, Laurent Gervereau et Benjamin Stora, Paris, BDIC-Musée d'histoire contemporaine, 1992）。关于历史编撰史和历史记忆，参见 Benjamin Stora 的 *La Gangrène et l'Oubli. La mémoire de la guerre d'Algérie*（Paris, La Découverte, 2005），以及 Raphaëlle Branche 的 *La Guerre d'Algérie, une histoire apaisée?*（Paris, Seuil, 2005）。更详细的信息，可参见 Joëlle Hureau 的 *La Mémoire des pieds-noirs*

（Paris，Perrin，《Tempus》，2010）和 Yamina Benguigui 的 *Mémoires d'immigrés. L'héritage maghrébin*（Paris，Albin Michel，1997）。关于与意大利的对比，可见 Pierre Milza 的 *Voyage en Ritalie*（Paris，Petite Bibliothèque Payot，2004）。关于殖民断裂，请参考 Pascal Blanchard、Nicolas Bancel 和 Sandrine Lemaire 合著的 *La Fracture coloniale*（Paris，La Découverte，2005）。

第十六章 悲痛

对该主题的梳理，可参见 Thierry Lentz 的 *L'Assassinat de John F. Kennedy*（Paris，Nouveau Monde éditions，2010），André Kaspi 的 *Les Présidents américains de Washington à Obama*（Paris，Tallandier，2012）。部分电视新闻以及讲述葬礼的电影可以从网上获得。美国媒体报道大部分也可以通过数字化渠道获悉。不要忽略 Edgar Morin 优秀的研究分析：Une télé-tragédie planétaire：l'assassinat du président Kennedy（*Communications*，vol. 3，n° 3，1964，p. 77 – 81）。

第十七章 惊叹

对于所有相关主题的绝好资源是《巴黎竞赛报》和《法兰西晚报》从 1968 年 12 月至 1969 年 12 月的合集。关于图像，可参看 1969 年 7 月 21 日法国国立试听研究所的档案。在线可以找到 1969 年 7 月 16 日至 23 日保罗六世在公开演讲中宣读的宗教教育的文本，以及 Nasa 准备的 250 页打印文本： *Press Kit Apollo 11 Lunar Lan-ding Mission*。还有一篇富有启发性的文章，是 Alexandre Moatti 的 La diffusion de la culture scientifique：réalisations et réflexions（ *in Annales des Mines*，*Réalités industrielles*，mai 2007，p. 54 - 59）。

第十八章　热情

关于柏林墙的倒塌，在网络和 Ina 以及 ZDF 的网站上有诸多图像和视频。此外，还可阅读一部优秀的作品，那就是 Jean-MarcGonin 和 Olivier Guez 合著的 *La Chute du Mur*（Paris，Fayard，2009）。

第十九章　惊愕

安托尼·罗利特别使用了 Daniel Hermant 的文章 Violence politique，attentats et kamikazat：l'hypothèque du 11 Septembre（ *Conflits et Cultures*，automne 2006，n° 60，p. 6 - 7）。我们当然还可以阅读其他媒体文章，也可以在 Inathèque 的网站上观看电视新闻。

第二十章　希望

除了纸媒文章和主要线上媒体的视频以外，还有诸多视频资源可以在白宫网站和芝加哥城市网站上找到。关于第一次总统选举，请参见 François Durpaire 和 Olivier Richomme 的 *L'Amérique de Barack Obama*（Paris，Demopolis，2007）。关于总统，可参见 André Kaspi 和 Hélène Harter 的 *Les Présidents américains*（Paris，Tallandier，2012）。关于 2012 年气氛的转变，请见 Karl de Meyer 的文章 Obama：deux mois pour retrouver le feu sacré（*Les Échos*，n° 21266 du 10 septembre 2012）。

结论

Pamela Swett，Corey Ross 和 Fabrice d'Almeida 主编的 *Pleasure and Power in Nazi Germany*（New York，Palgrave-MacMillan，2011）。

致　谢

　　如果没有众多朋友的帮助，我不会走到这场历险的终点。我由衷感谢《玛丽安娜》（*Marianne*）的主编莫里斯·沙弗兰（Maurice Szafran），感谢尼古拉·多梅纳克（Nicolas Domenach）和罗兰·诺伊曼（Laurent Neumann），他们在我们写作期间一直给予支持和鼓励。编辑部的埃尔莎·贝索（Elsa Bessot）帮助我找到了我们曾在这本杂志上零散发表过的一些文章。

　　奥迪勒·雅各布出版社（Odile Jacob）的贝纳尔·戈特利布（Bernard Gotlieb）曾接收了我们的第一部合著，他一直对我们信任有加，他与我们之间的默契对这本书的问世亦可谓不无裨益。在安托尼离世之际，他再次印证了这份弥足珍贵的默契与友情是怎样令他坚信，我们会将这场旅程进行到底。他的支持，以及罗利、达维娜（Davina）、内维尔（Neville）和威廉姆（William）这些孩子的支持，对我们最终达成目标是必不可少的。当然，斯特凡妮·斯坦（Stéphanie Stein）的信任曾让我在迷惑时豁然开朗。玛丽-洛尔·德弗勒坦（Marie-Laure Defretin）尽心尽力地帮助我整理安托尼的文本，有时也帮助我寻找一个丢失的词语或有些难辨的字迹。最后，在我的亲友们的指引下，我摇摆不定的笔端终于完结了属于我的篇章。我的女儿克莱芒丝·达尔梅达（Clémence d'Almeida），我的太太帕斯卡利娜·巴兰（Pascaline Balland），我的朋友玛丽-弗朗索瓦丝·巴兰（Marie-Françoise Balland）一直给予我宝贵的支持。最后，我的学生卡蒂亚·迪富尔蒙（Kathia Dufourmont）帮助我整理了参考文献部分。

谨念那位永远保持低调的让-吕克·菲德尔（Jean-Luc Fidel）。

在此，对以上所有人致以衷心的感谢。